東京23話

TOKYO

山內麻里子

披頭四來訪之地

千代田區

大街小巷中，空氣中的緊張感彷彿刺痛了每一寸肌膚——這裡是千代田區。沒錯，千代田區，這就是我的名字。經常有人會說，我總是一副正經八百的樣子。

不過，這也是在所難免。先不論東京車站，舉凡國會議事堂、最高法院，當然還包括皇居在內，全都在這個街區。順帶一提，就連政府機關一字排開的霞關、首相官邸和黨部櫛比鱗次的永田町，彼此也都位在可步行抵達的距離。這種話說出去或許會被旁人批評自視甚高，但個人覺得要說「東京」這個概念，指的還不就是我？所以我可不能嘻皮笑臉地悠哉度日。身在這種立場，時時繃緊神經才合乎道理。

來訪過的人想必都有所察覺，這裡在各個角落都佈有警力。尤屬國會議事堂周邊戒備更為森嚴，實在難以說是適合在附近吹著口哨散步的氣氛。即便對方是天真無邪的七歲小女孩，警察照樣會攔下並詢問她想前往何處。畢竟誰也無法保證這個小女孩會不會忽然朝國會議事堂吐口水。

這裡就是瀰漫著如此劍拔弩張的空氣。到了夜晚，通勤族各自下班回家後，此處便會化作一片死寂。四面八方都不見勤務人員、日比谷高中的學生或是日枝神社參拜者的身影，皇居一帶更是安靜得令人毛骨悚然。

說起來，保羅．麥卡特尼（Paul McCartney）也曾在這裡的皇居前廣場散步。那已是半個世紀前，我記得是七月一日發生的事。那天上午，有個高挑的英國年輕人，身穿一件條紋夾克，精神抖擻地走在皇居前廣場上。

啊，回憶依舊歷歷在目。

一九六六年。那個時代，日本舉國上下，洋溢著青春的活力。

披頭四來日時，那可真是熱鬧非凡。穿著日式短外衣的四個人走下日航飛機後，旋即坐上了停在登機梯旁的粉紅色凱迪拉克，從羽田機場一路疾駛，前往位於我——是的，正是我千代田區！——的東京希爾頓飯店，只花了約三十分鐘便抵達目的地。這也是因為當時為了披頭四，甚至全面封鎖首都高速公路，禁止一般車輛通行。那場面只能用壯觀來形容。在五輛巡邏車的護衛下，隨著黎明的曙光，這群年輕人造訪了這個街區。

在這之前，其實也是歷經一番波折……是的，我想起來了。就是關於他們舉辦演唱會的地點，即日本武道館。如今被年輕人視為演唱會聖地且有「搖滾樂殿堂」之稱的武道館，在當時可不是能用來舉行這類流行文化的活動，而是「為振興日本武道而建造的傳統格鬥技之殿堂」，是一個極為莊嚴肅穆的場所。想當然老一輩的人們對於將武道館為披頭四演唱會所用都感到非常不滿。說起披頭四，那可是會令青少女們為之瘋狂、尖叫連連，與莊重感無緣的偶像團體。

如今說來雖備感羞愧，個人其實在當時也是反對披頭四使用武道館的。畢竟我，可是堂堂千代田區。與其說是食古不化，個人就是無法領會一板一眼以外的思考模式。

話雖如此，這般的我也依然因為披頭四的到訪而難掩雀躍之情。那時整個街區陷入有如舉行大型慶典一般的騷亂，不僅警方動員了將近一萬名警力戒備，與設法潛入旅館的歌迷之間的追捕也時有耳聞，而媒體更是投注大量人力嚴陣以待。千代田區這裡雖然發生過各式各樣的事件，但如此滴水不漏的警備態勢，可謂是空前絕後。警視廳的警戒程度之高，甚至到了向披頭四下達了絕對不能跨出希爾頓飯店一步的要求。這不叫軟禁，什麼才叫軟禁？實在是挺可憐的。難得來到日本，連夜晚去酒店開開眼界都不行，更遑論到京都一遊什麼的，都成了癡人說夢。只能往返於東京希爾頓飯店和武道館之間的這五天——換算大約是一百小時的停留時間——那四個年輕人始終停留在千代田區。沒錯，那時的披頭四，從頭到尾都未曾離開過千代田區!!

光陰如梭，物換星移，昔日他們下榻的永田町的東京希爾頓飯店，今已改建並更名為東急凱彼德大飯店，而這群年輕人曾入住的一〇〇五號總統套房也已不復存在。在約翰．藍儂和喬治．哈里森皆離開人世的今天，披頭四已然超越了傳奇，化身跨越世代的神話。

說起那四個年輕人——

還真是滑稽。每當面對鏡頭，他們總是使勁地耍寶。

七月一日上午，我看著他們悄悄地溜出飯店。雖然喬治・哈里森和林哥・史達留在房間內，但約翰和保羅順利躲過警察的耳目，得以親自漫步在東京街頭。相較於約翰朝往原宿的方向前進，保羅則是在皇居前廣場上悠哉地散步，不過才沒多久就被警察逮到然後帶回飯店。那個瞬間，我也用這雙眼睛看得一清二楚。

唉，就不能多給那幾個年輕人一點自由嗎？

讓他們多呼吸一下東京的空氣也無妨吧？

那一天，我一面作如是想，一面如往常般地守護著這個街區。

河川的回憶

中央區

看來，街上又有一處景色要變了呢。數寄屋橋十字路口的那座銀座TS大樓，早在二〇一二年秋天就已拆除，不過近日似乎將有全新的購物景點對外開放。對老身來說，與其叫做「銀座TS大樓」，「松田大樓」這個名字還更多了幾分親切。雖然改建後整個走向了現代風格，但它原本是一棟褐色的大樓，屋頂邊兒還立了座塔。那造型，實在氣派啊。

說起松田大樓的完工，那是昭和九年（一九三四年）的事兒了。每到夜裡，甚至會從塔上投射出探照燈的燈光，成了這一帶宛如地標的存在。想想一時這兒還被譽為是現代都市．東京的代表性建築呢。唉呀呀，真沒想到啊……連這兒也要改建。到底最後會變成什麼樣子呢？

不過，這兒的變遷本就急速且劇烈。談起銀座，前一陣子想必大多人都會浮現商界大老們在高級俱樂部裡消費的印象吧？最近的話也就屬來此購物的盡是中國觀光客這事兒成了一大話題，可要老身來說，這都是些不足掛齒的改變，沒必要花費心思去在意太多。

如今的銀座周邊雖然環繞著高速公路，那些地方在往昔原本可都是水渠呢。「水渠」這詞兒，對現在的年輕人而言想必非常陌生吧？水渠指的便是水路，也就是河道。是啊，銀座曾是一座為河川所包圍的小島。在過去，東京這兒甚至也有「水都」的美稱。

可不是嗎，看看現在被喚作數寄屋橋之處，哪兒都見不著橋的蹤影。但想當年這兒是真有座橋搭著，畢竟當時的確有河川經過。就算是對數寄屋橋這地名一知半解的人，若說是名作《請問芳名》[1]的場景，或許多少會有些頭緒。這座橋上也曾有都電[2]行經，那時這兒真的是個浪漫之地啊。

昔日流經數寄屋橋下的河川名為外堀川，而流經万年橋[3]的，則是築地川。

從晴海大道往築地方向前進一小段路，就能瞧見万年橋的身影。不過橋下的築地川，早在昭和三十九年（一九六四年）東京奧運前的大改造時就被埋填。把河川埋了然後建一條高速公路，想當初覺得這事兒未免太荒唐了點，可如今人們也對這樣的景色習以為常，反倒是往日的河川之景已逐漸為人淡忘，還真總有些令人感到不可思議。

說起築地川上的橋，那數量可多著了，《走盡各橋》[4]這部短篇小說甚至還以此當作題材。作品本身由名叫三島由紀夫的小說家一手創作，然而這位作家也早已不在人世。景物不再、人事皆非，街景與人竟都是如此地脆弱而短暫啊。

既然談到了橋，還有座三吉橋也曾架在築地川上頭。

中央區區公所一帶，恰好是築地川河道分出支流之處，因此在那兒的三吉橋便成了罕見的Y字形橋。《走盡各橋》中講述了銀座的藝妓根據花柳界中的某個傳說，只要能不開口說話橫渡築地川上的七座橋梁便可實現願望，因而踏上了許願之旅的故事。其中由於三吉橋是三岔狀，所以從這頭走到那頭似乎能算是過了兩座橋。這說法還真是又好笑又孩子氣，您說是吧？

另有一座橋名字和三吉橋可像了，叫做三原橋。這橋位在從三越往東銀座的方向上，但這兒也是只留橋名，而不見橋影。不過有過一座橋當然就表示下邊曾經也是一條河川，人稱三十間堀川。河如其名，這河寬幅達三十間，也就是將近五十公尺，可見那是一條多麼壯闊的河川啊。一間間光鮮亮麗的店家並排林立在河的兩岸，待天色暗下來之後，來自酒吧和咖啡廳的燈光，將河面映照得光彩奪目，那景色真是美極了。

說一句實在話，老身還知道一個小祕密，那就是演員三國連太郎[5]正是在三十間堀川這兒，被星探發掘的呢！想必是多虧了他人高馬大的，才一下子就入了電影公司的人眼裡。那正約是戰後過了六年的時候。

對啊！差點給忘了，說到戰爭——

那時這兒因為受到空襲的轟炸，完全化作一片焦土，實在是慘不忍睹。在那之前，由於大正時代末期（一九二三年）發生的關東大地震，因此家家戶戶紛紛換掉木頭與紙類，改以鋼筋水泥等堅固建材搭造建築。結果啊，還是都在東京大轟炸時化成了瓦礫。而後那些斷垣殘瓦全都被丟進了三十間堀川，整條河就這樣被埋了起來。

所以啊，東京大轟炸當時留下的瓦礫殘壁，現在依舊沉睡在銀座這片土地上。

戰後，有好一陣子人們都過著幸福安穩的生活。回想起來，那時簡直就像沉醉在甜美的夢境中一樣幸福。所以三一一大地震發生的時候，老天爺啊，老身可是受了不少驚嚇。想著這麼一震會不會就把和光百貨的鐘樓給震垮了，整個人就是安不下心、焦急得要命呢。

和光百貨原本稱做服部時計店，也是SEIKO精工錶的前身，建築本身於昭和七年（一九三二年）完工。美軍佔領期間，這兒也曾由美軍接管，現今則是完全成了銀座的象徵。在這更迭劇烈的銀座，具有如此歷史價值的建築能夠躲過戰火的摧殘保留至今，這事兒可是非常難得的。就算稱之為奇蹟也不為過啊。

舊時的河川變成了高速公路、或是被斷垣殘瓦給填平、昔日的橋梁也僅見於地名之中，這兒的風情早已消失殆盡。當年的銀座風貌，在現今幾乎沒留下多少痕跡。您問老身會不會感到寂寞？話可就不能這麼說了，老身啊，並不會如此多愁善感，只要擁有回憶便已足夠。您別看老身這樣，骨子裡也是有著江戶人與生俱來的豁達與瀟灑。成天回顧往事、滿腹憂愁，可不是老身的作風呢。

註1：《請問芳名》（君の名は），為日本早期的廣播劇，故事描述二次世界大戰期間一對素昧平生的男女在空襲中偶遇並一起逃至數寄屋橋，在不曾得知對方姓名的情況下分別，並相約每半年便回到此地等待對方，直到兩人相見為止。由於故事受到廣大歡迎，而後也數次改編成電影、電視劇及舞台劇。

註2：都電，全名東京都電車，為東京都交通所經營的路面電車。

註3：万年橋，為橋的名稱。以前橋樑多為木造或石造，很容易因為天災而損毀，此外修築橋梁也會耗費大量金錢與時間，因此在日本各地皆有多處橋梁以此為名，期許橋梁能夠維持長久。東京都江東區有另一座橋名為「萬年橋」，為做出區隔此處保持原漢字「万年橋」。

註4：《走盡各橋》（橋づくし），又譯作《過橋》、《走盡的橋》，為三島由紀夫（1925-1970）著名的短篇作品。

註5：三國連太郎（1923-2013），日本知名電影演員。身高將近181公分。

潮到不行

港區

這傢伙沒準正在找尋什麼，本大爺我一眼就看得出來。

那些人啊，氣場就是不太一樣。唉唷，該怎麼形容咧？你們懂的吧？就是他們身上同樣散發的那種感覺。雖然這個詞最近大概沒什麼人在用了，但說來說去，還是用「痞子」稱呼他們比較貼切。痞子歸痞子，但他們可不是飆車族或是犯罪份子什麼的，而是多了些格調，有點假清高的傢伙。假清高的痞子，這種說法越來越少見了啊。不管是時代還是用詞，都會隨著時間變來變去的，真讓人沒輒。

總之啊，那些傢伙以前多半都會跑來本大爺這兒，好像自然而然地就會聚集在這裡呢。這裡說的「那些傢伙」，就是正在找尋什麼的傢伙們啦。想要幹些好玩的事、想要變得很神，反正就是那些不知天高地厚的毛頭小子。套一句現在的話，就是想要「成為Somebody」的人吧？不過，近期那些傢伙也變得很少出現了說。

最近會來本大爺這的，一個個都給我跑進了大樓裡，所以老實說還真不知道都是些怎樣的傢伙。距離六本木新城（Roppongi Hills）蓋好到現在，也差不多要十年了，但大爺我自己到現在都還不太習慣哩。

對，本大爺變了。

同樣身為一個區，有些傢伙始終如一，有些傢伙則會性格大變，我的話，絕對是後者。欸，別看本大爺這樣，過去也是正經到不行的好嗎？相較之下那個千代田區還不過是小case而已。

畢竟六本木，以前是個軍隊重鎮嘛。

位於乃木坂的國立新美術館，在入口處就有個舊步兵第三連隊軍營的模型，所以很多人應該都知道，這裡曾經是駐防地。那時到處都是行軍的軍隊，氣氛可嚴肅的咧。現在的東京中城（Tokyo Mid-Town）附近也是，以前駐紮在那裡的正是大日本帝國陸軍步兵第一連隊，是不是光從字面上看就能嚇死人了。所以啊，我本人當時也是那副樣子啦。管你說話再有哏，本大爺的兩撇八字鬍就是不會給你動半下，是個超級嚴肅的大叔來著。

之所以後來會有一百八十度的急轉變，果然還是因為二戰的結束吧。

輸掉了戰爭，正在擔心接下來到底該怎麼辦的時候，美軍就一窩蜂地湧進來occupy了，也就是傳說中的佔領，佔領啦！這裡完全成了美軍的城鎮，什麼夜店、酒吧、餐廳的，多了一堆為美國大兵開的店。本大爺明明在東京，卻被搞的像美國一樣。

剛開始，本大爺當然是覺得「搞什麼鬼～!?」，死也不想變成那樣啊。整個人情緒超反彈，甚至想說乾脆一死了之算了。但是啊，轉眼間佔領軍不斷進駐，開始有吉普車在街上跑，不知怎麼搞的，本大爺也莫名其妙地跟著嗨了起來。

就只有一句話，美國大兵帶來的文化，實在酷斃了。能這麼酷，可是很厲害的。真的是厲害到不行啦!!

那時候進來的美國文化，到底酷到什麼境界，花三天三夜都講不完。不但流行又多彩繽紛，總之時髦的很。

連在過去替「時髦」貼上了「既輕浮又軟弱的罪惡之物」標籤的本

大爺，都很沒節操的嗨成那樣，更別提那些毛頭小子，當然是一下子就跳坑了。他們對美國憧憬到一個誇張的地步，樣樣都要學人家，根本把羞恥跟自尊心都給拋到外太空了吧。以前追在吉普車後面喊著「Give me chocolate!」的小屁孩，漸漸都變成穿著夏威夷花襯衫、戴著太陽眼鏡，個性大喇喇的「哈美族」。後來，大家開始給了這些人一個稱號——這就是「年輕人」的誕生。

那個時期，街上的年輕人滿坑滿谷，真的就像要滿出來了。一個國家要是年輕人多，就表示國家本身充滿了年輕的力量。所以當時散發出的活力，跟現在可有著天差地別啊。

美軍離開後，開始有日本人來到這些夜店、酒吧跟餐廳消費。不過剛開始這些地方對一般人來說還是難以靠近，所以起初都是之前在美軍基地表演的爵士樂手來的比較多。在那之後，才有年輕人成群地湧入。

當然，這些都不是普通的年輕人，而是當代走在潮流尖端的那些人。明明還是些乳臭未乾的小鬼，卻個個使勁裝成大人，擺著一副架子來到本大爺這裡，眼神還閃亮亮地透露著興奮。

終於，那些傢伙都如願成為他們想成為的人了。他們都成了開創時代的先鋒。

有段時間，本大爺是只屬於他們的存在。

而這件事，至今也仍是我的驕傲。

當年他們每個晚上都相約碰頭的餐廳「CHIANTI」，如今也還靜靜地佇立在飯倉片町的十字路口一角。

歷經泡沫經濟的帶來的一時風光，又被蓋上了六本木新城所代表的膚淺「名流」印象的我，漸漸地，越來越搞不清楚自己到底是誰了。

到底怎麼搞的？

我到底想要變成什麼樣子？

——這就是所謂的迷失自我吧。

本大爺跟著時代一起急遽地改變，速度快到連自己都跟不上。

不過，最近有一件事，讓人覺得還挺不賴的。

在這裡，不知何時多了一大堆美術館和藝廊，每天從早到晚照三餐都是藝術跟藝術，還有藝術。說起藝術，那可是個好東西啊～。在本大爺變成軍隊重鎮的更早之前，一時也曾經是大名[6]宅邸聚集的區域。有錢人不就最愛蒐集美術品嗎？所以基本上大爺我一直以來就超愛這些散發奢華氣息的東西。

只不過，比起那些被定下好幾億日圓天價的藝術品，現在年輕人那些充滿活力的作品還更合我胃口。是叫做現代美術來著？尤其是那些會讓死腦筋的大人痛罵「這也敢叫做藝術!?」的創作更是值得按好多個讚。畢竟這樣才有趣嘛！

果然本大爺在內心深處，還是想跟年輕人玩在一起。

那些追求著某些事物、還在找尋自我的年輕人身上所釋放出的莫名能量，真的是很有吸引力啊。

註6：大名，日本封建時代對一個較大地域領主的稱呼，類似諸侯。

傳說中的那一位

新宿區

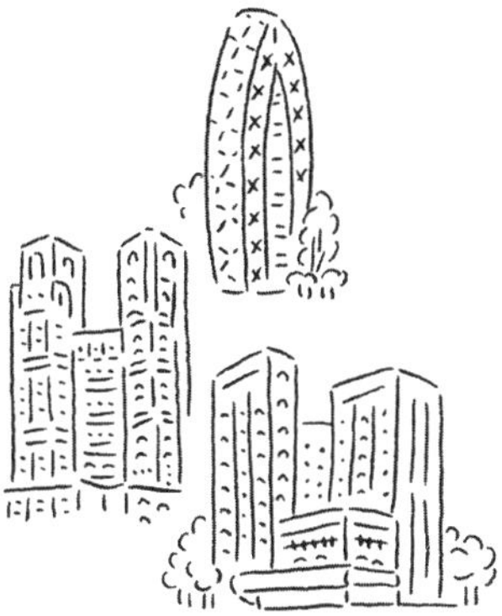

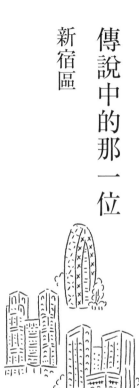

在下名為京王廣場大飯店。一九七一年，以日本第一間超高樓層飯店的身分，落腳於新宿。

總括來說，雖然都稱做新宿，但此地不同地區之間，各有其獨特的個性。穿過新宿車站的東側地帶，似乎提供了大眾各式各樣的娛樂場所，例如伊勢丹、高島屋等百貨公司，或是歌舞伎町等夜晚的鬧區，以及新宿御苑。至於在下這一側，即西新宿地區，正如各位所知，為摩天大樓的林立地帶。

自從昔日佔據西側一帶的淀橋淨水場遷移至東村山後，此處建起的第一棟建築就是在下——京王廣場大飯店。至此在下便一路看著這塊土地的種種變遷，自許為一帶的長老，熟知此地的大小事，如同一本活字典。截至二〇一五年的六月五日，在下便滿四十四歲了。如您所見，在下自出生至今僅四十餘年，說來資歷尚淺。

在下誕生於此地之時，周邊所見還是一片待開發的空地，放眼望去相當空曠。當時，這裡空無一物，什麼也沒有。

如今在下的身影雖時常會在密集的高樓大廈叢林之中遭到隱沒，然而當年，在下引人注目的程度甚可媲美富士山，整個西新宿就好似由在下一人獨佔。

一九七四年三月，第二棟竣工的建築，是有著三角柱狀的身形，散發著近現代銀色光輝的新宿住友大廈先生。

「唉呀，這還真是來了位時髦的先生呢。」

在下由衷地為他的落成感到高興，但新宿住友大廈先生，卻是一臉無精打采的樣子，有氣無力地說：

「喔，嗨。」

這樣的回答也未免有失禮數。或許是因為生於冷漠世代[7]，這位先生似乎有些陰沉。

直到半年後，在下才終於得知背後原因——

那時，新宿住友大廈先生隔壁的土地上，全新的新宿三井大廈先生誕生了。

三月出生的新宿住友大廈先生，和九月出生的新宿三井大廈先生，雖然差了一個學年，但年紀相同，命中注定來到世上便是彼此的對手。話雖如此，從出生月份來看，身為晚輩的新宿三井大廈先生，竟然比新宿住友大廈先生，個頭高了十五公尺!!

「這可怎麼行啊……」

在下總算察覺到新宿住友先生的複雜心境，不禁如此喃喃說道。

當擁有厚實的方正形體的新宿三井大廈先生，以一副「摩天大樓捨我其誰」的雄姿君臨之際，就連佇立在稍遠處的在下，都不禁自覺形穢。竣工當時，在下也自認算是相當摩登，然而與閃耀著黑色光芒的新宿三井大廈先生相比，簡直是小巫見大巫。

「跟我開這種玩笑……」

新宿住友先生自言自語地說著。

為了捍衛他的名譽，恕在下斗膽相稟，新宿住友先生在日本，是第一棟地上超過兩百公尺的摩天大樓，毫無疑問地成了當時日本第一高的大樓。但好景不常，這個紀錄卻只維持了半年。而新宿住友先生本人，其實打從一開始就知道事情會如此發展。

「言者傷心，聽者流淚」，想必指的正是此種情景。

此後又過了兩年，一九七六年，有位前衛的新秀登場了。即損害保險日本興亞本社大廈先生。他那有著扇形下擺的優美姿態，就宛如當時流行的褲管造型一般，因此也被人愛稱為「喇叭褲大廈」。

於是時光繼續流轉⋯⋯

年年都有新的摩天大樓落成，連在下都無法一一細數，此處的街景也不斷地變換樣貌。

新宿野村大廈、新宿中央大廈、東京凱悅（Hyatt Regency）飯店、小田急第一生命大廈、新宿NS大廈、新宿華盛頓大飯店、東京希爾頓飯店、新宿綠塔（Green Tower）大廈、新宿L塔⋯⋯

不久之前還是一片空地之處，於是相繼地被填滿。這裡的改變之大，事到如今已經無人會再想起——應該說讓人難以想像——此地曾是一座淨水場。

然後，時間來到一九九一年。新宿副都心構想中的重頭戲——東京都廳即將在此時迎來落成的時刻。

可謂是揭開新時代序幕的一九九一年，日本社會正沉迷在一片泡沫經濟繁景之中，而東京都廳的設計則是出自舉世聞名的TK（此時提到TK，並非是指小室哲哉（Tetsuya Komuro），而是丹下健三（Tange Kenzō））之手。今日的東京都廳儼然成為新宿，不，是東京的地標，然而有如巴黎聖母院般風格突起的雙塔，雖說設計感十足，當下似乎也招來了不少批判。

在我等老一輩的摩天大樓之間，更是如此：

「來了個古怪的傢伙呢。」

「聽說最好要小心別被那個新來的盯上了。」

「看起來就覺得好恐怖，我根本不敢跟他搭話啊。」
如此這般，把他當異物般看待的時光持續了好一陣子。
甚至亦有人滿腹怒氣地說：
「那麼丟人現眼的設計，根本就是在敗壞風俗！」

此處於一九七〇年代開始重新開發，相較之下算是比較新穎的街區，然而曾幾何時，我等的思想卻是日趨保守。
直至二〇〇八年，讓這般封閉的氣氛頓時煙消雲散的事件發生了。
Mode學園蟲繭大廈落成──
「那是什麼呀？」
「這……天曉得呢。」
「那副模樣也能稱做大廈？」
「我看這還比較像被繃帶裹成木乃伊的鰹魚乾吧？」
「又有個怪裡怪氣的傢伙出現了。」

「就是啊，真是一位奇特的人……」

正當我等因為蟲繭大廈先生過於特立獨行的外貌，一時半刻驚訝得無言以對之時……

「大家安安！」

咦？安安??

蟲繭大廈先生天真無邪地向我等打了招呼，但由於用詞實在過於輕挑，在場的人陷入了一片無從回應的沉默。

自此之後，我等西新宿的摩天大樓一行，再也沒有人會對新人的外貌說三道四了。

註7：冷漠世代（しらけ世代），廣義上指出生於1950-1960前半的世代。他們在成人之後面臨了日本經濟衰退以及學生運動的式微，對政治抱持著冷漠的態度。進入1980年代，也泛指對時事毫無興趣，做事不帶熱忱、冷眼旁觀的世代。

我是文京區

文京區

我是區，名為文京區。

說到出生，我倒是記得清清楚楚。那是昭和二十二年（一九四七年）三月十五日，我乃是由小石川區和本鄉區合併而成。

名字的由來，係指「文教之府[8]」，即以學問與教育指引人心之地，當然這也不過是官人們只管自身的考量，擅自替我冠上的名字罷了。我真正化身為文教之區，那還得等到進入明治時期（一八六八年～）後。在那之前，這裏邊四處座落著大名、武家及大型商家的宅第，另有許多神社佛寺，委實與文教相去甚遠。

憶起江戶時代（一六〇三～一八六八年），浮現腦海的，到底還是「菊人形」。千駄木的團子坂一帶，開了許多間菊人形的見世物小屋[9]，好生熱鬧。所謂「菊人形」，即一種等身大的人偶，其頭和手腳皆以木雕製，身上則會綴上菊花裝飾，可謂華麗無比。然華美之餘，卻也有幾分陰森，到底人們為何會創造出這等東西，我還真是沒了頭緒。明治初期甚至開始收起了木戶錢，也就是入場費，著實教人詫異。竟然會願意花銀兩去看菊人形，人類可真奇葩！

在當時一說到菊人形，便非團子坂莫屬，堪稱是此地名物。然而明治後期，位於兩國的國技館祭出了加上電動機關的菊人形，把菊人形的愛好者全給引去了。可見東京的人十分喜新厭舊，對流行似乎難以抗拒，就是沒聽得哪個奇人口出豪語，嚷著「電動機關的菊人形實在胡來，說起菊人形就是只有團子坂！」。事以至此，就算裝飾的菊花再怎麼新鮮，也不過是徒勞。畢竟怎麼搞也比不上電動機關吶！從那時起，這世間就開口閉口都是電動、電動的。

說起了團子坂才想到，我的確身懷著無數的坡道。但這絕非是有意使壞想阻礙人類通行，才在身上壟起斜坡。原本我這便有神田川、千川、藍染川及小石川等多條河流流經，在河川的切削下，就在身上留下了多處台地。若打個比方，就像是在矮桌上擺了四、五個倒過來的淺碟子。要登上這些淺碟子造成的丘陵，自然就得上下爬坡了。本人自擁百餘條坡道，稱得上是「家坡萬貫」罷！

提到坡道，不得不說人類似乎若不讓每樣東西都有個名字，便不願罷休。管它是大坡小坡，只要有點兒斜度的，無一不取名。於是乎，有糰子店的地方便稱團子坂、曾聽聞狸囃子之處就叫狸坂、貓又[10]現身的場所則取名為貓又坂、以及因過於陡斜會讓人心跳加速而稱為胸突坂等等，本人對於此般隨性的命名作風，也只能頻頻搖頭。噫！原來我會被冠上文京之名，也僅是因為被視作文教之府這種理由而已。那些昔日水急流湍地切削出台地的河川，如今只留神田川依舊如故，其他則全化為暗溝，不見蹤影。人類竟然會想到替河川加上蓋子，這種行徑著實令人不敢恭維。

河川不再，坡道猶存。街區隨著人類自身方便而不停變換樣貌，然這些改變也並非全都由人類造成。

位於舊時的本鄉區東竹町，即現今本鄉二丁目一帶，有一處落語等日本傳統表演藝術的演出場所，名為若竹亭。創作出怪譚段子《牡丹燈籠》的三遊亭圓朝，過去便在這登台表演過，然此處卻不幸在大正十二年

（一九二三年）的關東大地震時遭遇祝融之災。而位於三丁目的本鄉座，則是曾迎接過戲劇界伉儷川上音二郎與川上貞奴的大劇場。即便其為造型摩登且堅固的洋樓，也還是在關東大地震時遭大火吞噬而毀。地震過後雖立刻著手重建，但接著又因為戰爭而再次燒成廢墟。

孜孜矻矻地建造，又被毫不留情地摧毀。人們心底明白這些建築撐不過百年，仍舊不死心地一再重建。最近的大樓的確建得飛快，但只要過個三、四十年，就多半沒了人煙與光采。於是以重新開發為由，便又是一陣建了又拆、拆了又建。人類這種生物可真夠急躁！

而我，只是默默地看著人們是如何度日。人類一個個總是忙匆匆地逕自在街上來來去去，但即使是人類，也難以永世維持長久的繁榮。自古常云「盛者必衰」，從我看來，一切不過就是這般輪迴罷了。曾經坐擁深宅大院的藩主大名在進入明治時期後便失去蹤影，當這些宅院遺址上建起眾多大學，這塊地方才搖身一變化身為文教之府。

舊制第一高等學校、東京帝國大學、東京師範學校、女子美術學校……高官顯貴的宅院，不過數年，什麼也沒留下，取而代之的是儀態瀟灑的學生，腰掛手巾，腳套高木屐，在這裏邊走邊哼歌。學生一多，二手書店也日漸興起，與此同時大舉聚集此地的，還有人類之中最奇妙的一群——文人。

被稱為戲劇之父的坪內逍遙位於炭團坂的住所，爾後成了文士們的宿舍，得稱「常磐會」，眾多文人夜夜在此對著文學高談闊論。距離這裏步行不遠處，還有一間與眾不同的歇宿之處——菊富士飯店，坂口安吾、直木三十五、宇野千代等作家，都曾相繼下榻於此。那個名叫谷崎潤一郎的男人，便是在這裏寫下了小說《春琴抄》。此外除了作家，畫家也會在此投宿。名為竹久夢二之男，在這兒邂逅一名喚作阿葉的姑娘，開始了同居生活。據傳，在其畫作《黑船屋》中抱著黑貓的女子，正是阿葉。

由東京大學對面的根津神社再過去一些，昔日佇立著森鷗外的居所。約莫十年之後在同一住處借居之人，則是夏目漱石。

在漱石暫居此處的三年間，成就了《少爺》、《草枕》、《倫敦塔》等小說。然而說來最厲害的，莫過於他最初寫下的那篇作品——以貓為第一人稱敘事的奇特小說，人們對此佳評如潮。原在東大教授英文的漱石，老早就宣揚著想要辭去教職，也幸虧他以此為機，成了一名作家。而今，他正是曾落腳於文京區的文人之中，首屈一指的文豪。

鷗外和漱石曾作為居所的那間平屋，目前已遷移至尾張（今愛知縣犬山市）受到完善保存，屋中還擺有一隻假貓，窩踞在書齋一隅。那是一隻沒有名字的貓，對此我雖想，好歹替這隻堪稱近代文學最大功臣的貓取個名字罷！但若讓人類來取名，不外乎嘴裡也只會迸出如團子坂、狸坂這類沒深度的名號，還不如就這麼讓牠當隻無名之貓，反倒痛快。至於我，此生也打算就此繼續貫徹文教之府文京區一名便罷。

註8：文教與文京兩者日文發音皆為bunkyō。

註9：見世物小屋，以各種珍奇古怪的人事物為賣點或進行表演的一種娛樂場所。

註10：狸囃子（たぬきばやし），為存在於日本全國有關神秘聲音的一則怪談。據傳在深夜裡，特別是月圓之夜，有時會從遠處傳來笛子伴隨著太鼓的演奏聲，人們卻無從得知是何人在演奏，或是聲音從何而來。貓又則是日本傳說中的一種貓妖，尾巴多分岔為兩條。

遲來之青年

台東區

登上地鐵階梯，雷門迎面而來，商店街仲見世通上，觀光客熙來攘往，一路前行，即抵淺草寺。望其西側，則有昔日娛樂的首善之地・淺草六區，向南北延伸。二〇一二年十月，此地僅存三處之電影院，皆因老朽破敗閉館，電影院自此從淺草銷聲匿跡。

今日，此處已然為蹣跚潦倒之老翁，垂頭搨翼，踽踽前行之地，然回首過往，此地乃日本首屈一指之繁華街區。

六區之稱，始於明治時期。為「在日本建造氣派如歐美之公園」，眾人遂將廣闊之淺草寺境內，易名「淺草公園」。內有一防火空地，人稱「淺草田圃」，於其之上，掘瓢簞池一座，後以掘出之土填埋成平地，是為六區[11]。

原聚於奧山[12]一帶，見世物小屋等不學無術之店家，至此全為政府官員遷至六區。霎時之間，淺草六區化為一大眾娛樂之聖地哉。然因男人尋芳問柳之地吉原遊郭，距此處僅數步之遙，故周邊一帶，氣息不免略顯猥瑣雜亂。明治二十三年（一八九〇年），瓢簞池旁建起地上十二層之高塔一座，名曰「凌雲閣」。彼一時，此塔乃東京屈指之觀光勝地，奈何關東大地震襲來，是為塔崩樓塌，嗚呼哀哉。瓢簞池填為平地之餘，此地日漸式微，雖心中對此並無微詞，然吾乃知曉夙昔六區熠熠生輝之榮景者，不免油生黯然之情也。

一言以蔽之，六區一代風華，非今日所能想像。以風靡一世之淺草歌劇馳名之劇場「常磐座」、日本常設電影專門院之首「電氣館」、脫衣舞劇場「淺草Rock座」，皆曾坐鎮此地。極盛之時，此類劇場甚達三十間有餘。街上人聲鼎沸，乃至於若欲橫越道路，實需一番困鬥，與今日澀谷行人專用時相多岔路口相比，可謂略勝一籌。劇場盡皆揚起醒目之旗幟，演目絕非艱深晦澀之物，然是追求速度感之輕喜劇[13]。舉凡喜劇之王榎本健一所屬之劇團「卡吉諾·佛里（Casino Folies）」、古川綠波之劇團「笑之王國」等年輕氣盛之輩，皆來往於劇場之間，所至之處，笑聲滿堂。

戰敗二年後建起之「淺草Rock座」，乃日本首間脫衣舞專門劇場，盛況連連。小說家永井荷風日日出入此地，常以阿美橫丁購得之巧克力為禮，贈予舞孃。孰料熟稔之後，永井竟出與舞孃一同入浴之舉，令人啼笑皆非。日後，「淺草Rock座」改以於舞蹈演目之間，上演短劇，此時之初代座長，即以打趣用語「Ajapa（アジャパー）[14]」大紅大紫，爾後於影界備受喜愛之喜劇演員・伴淳三郎是也。此人來自東北山形一縣，得以東北方言博取眾人歡笑。彼時，於淺草、上野一帶之勞力者，東北出身者實為多數，是以為鄉音引來共鳴之故矣。「淺草Rock座」奠下脫衣舞與輕喜劇交互搬演之形式，後得由「淺草France座」繼承之。

昭和二十六年（一九五一年）八月一日，「淺草France座」自此興業。繼為日劇音樂廳所聘之初代座長八波六與志（八波むと志），就任第二代座長之位者，即為渥美清。可知葛飾區柴又之阿寅[15]，是以此處台東區淺草為其演藝生涯之始。

渥美清本人略似黑道弟兄之舉止，正若阿寅此角性格，實為一趣味之人。再者，其亦為即興演出之天才。隱身於舞台翼幕之提詞人欲向其提詞之際，渥美便曰：

「別如此大聲啊。這下看倌們不都全聽見了？」

若有無意看戲，低頭大啖便當之客，渥美則刻意探頭一望，曰：

「這位客人所食還真寒酸哩。」

凡遇諸如此類之事，其必能口出妙語。

觀眾皆為一睹裸女而來，豈有意看戲乎？喝倒采者亦不在少數。然渥美清每每臨機應變，以即興演出應答，客倌無一不為其演出所吸引。此人即興演出、抬槓功力宛如反射動作，乃至出神入化之境界，可謂天賦使然也。論機智，論時機，皆令人嘆為觀止哉。慧眼之熟客亦讚曰：「有朝一日，渥美必以其演員之身，得日本第一之位。」後日，渥美清乃成為第十二位國民榮譽獎受獎者，可謂印證熟客之預言矣。

值此時期，電視節目初試啼聲，於淺草磨練功力之喜劇演員，漸為電視台禮聘而去。該時代，娛樂之王由電影轉為電視，得於淺草打響名號之藝人，多旋即受電視業界挖角，人去樓空。吉原遊郭亦因賣春防止法之故，吹熄燈號。又因風格大膽，百無禁忌之關西脫衣舞[16]大為流行，此處來客，更為減少。三波伸介、伊東四朗、東八郎、萩本欽一等人，無不委身於電視，盤桓此地淺草之天才，僅存深見千三郎一人矣。

昭和四十年（一九六五年）夏——

淺草六區已不復往日活力，然忽有一人現身，蓋一足履海灘鞋之年輕男子也。

或言，此人應是受吾召喚而來。

男子名曰武，本於新宿遊手好閒，至淺草後，於「淺草France座」，授任電梯小弟。其人不善交際，脾氣欠佳，閒來無事便坐於一旁，閱讀文庫本。

其後，武拜深見千三郎為師，備受疼愛。無論澡堂或酒館，深見千三郎莫不偕愛徒武一同前往。師曰：「喂，阿武，跟我一起來。」武便亦步亦趨喚道：「老師、老師。」二人情誼，猶如父子。

彼時，淺草較於極盛期，已淪為一落魄冷清之地。武係遲來之青年也。然開創未來者，必現身於此般時期，此乃世間之理。落後於時代之人，始得創繼起之新時代。此人告別淺草數年後，於電視界登峰造極，開創另一嶄新時代，功不可沒，名曰北野武。

吾亦反思己身——與其垂頭喪氣，何不向武看齊，為新時代之崛起，鞠躬盡瘁。

註11：淺草六區，淺草寺境內於明治6年（1873年）更名為淺草公園，並於明治17年（1884年）將其劃分為一區至七區。第六區便是位於境內的淺草田圃所掘出的池子（瓢箪池）東西兩側所建成的區域。

註12：奧山，即江戶時代淺草寺後方西側一帶的通稱。有許多街頭表演以及稀奇古怪的商家與飲食店，是當時庶民娛樂文化發展最為蓬勃的場所。

註13：輕喜劇，日文作アチャラカ，即是比起劇情和故事性，更重視娛樂效果的一種喜劇形式。特徵是會在演出中加入大量荒唐的要素，以及滑稽誇張的肢體動作來增加喜劇效果。

註14：アジャパー，表示驚訝或感嘆的語助詞。出自伴淳三郎於電影《吃七捕物帖》（1951年）中的台詞，在當時隨著電影的上映受到年輕人青睞，一時之間成為了流行用語。

註15：阿寅，即日本喜劇電影系列《男人真命苦》中的主角車寅次郎，老家位於東京都葛飾區柴又。飾演此角的渥美清（1928-1996）也因此聲名大噪。

註16：關西脫衣舞，相較於關東的若隱若現及以舞蹈為主的表演形式，不僅裸露程度大為增加，表演內容也更加肉慾。當時因東京取締甚為嚴格，關西脫衣舞秀僅進駐了周邊的神奈川縣、千葉縣等地，許多觀客開始改去這些地方，導致六區客人流失。

歌川國芳看見了！

墨田區

這個挾於隅田川和荒川之間的街區裡，曾經有一名生涯中搬過九十三次家，行事特立獨行的老人。每當他與身為畫師的女兒搬至一處長屋[17]後，兩人便埋頭於繪畫中，從不打掃，直到屋內堆滿垃圾，便又立刻撤離，再搬到另一間長屋去。江戶時代或許的確因為家當精簡，搬家並非難事，但怎麼說也不至於頻繁到這種地步。推開泛黃且滿是破洞的紙拉門，只見埋身在垃圾堆中的老人，正和他的女兒聚精會神地作畫。他們既不打掃，也不洗衣，更不曾燒飯煮菜，甚至連一杯茶也沒泡過。

過著如此骯髒不堪的生活，老人也只管一心一意作畫。據說，他一生畫過超過三萬件作品，其中包含了浮世繪的偉大傑作《富嶽三十六景》和《北齋漫畫》。說起葛飾北齋，如今他已是世界知名的人物。然而，由於本人毫無金錢觀念，因此他總是兩袖清風，經常穿著寒酸的棉製和服與紅柿色的無袖半纏[18]，在街上邊走邊喃喃有詞地彷彿在唸咒，任誰看了都只會覺得可疑至極。雖然難以想像這樣的他是連畢卡索、梵谷都敬佩三分的對象，但慕名前來拜訪的人，一直以來都絡繹不絕。

身為初代歌川豐國門生的歌川國芳，也曾在某日造訪這位老人。

「請您收我為徒。」

國芳來到北齋居住的長屋中，在老樣子還是布滿髒污的玄關處，雙膝一跪，兩手撐地，低下頭提出了懇求。

「拜託您了！」

北齋依舊自顧自地埋首揮灑著畫筆，過了好一會兒才開口：

「咦？你是誰？」

彷彿現在才發現對方似地，北齋一臉茫然的表情，還一邊搔著臉頰一邊說道。

「他是歌川門下的國芳啊。就是畫武者繪的國芳。」

從屋內另一頭傳來女兒阿榮的聲音。

「喔——畫《水滸傳》的那個！」

沒想到北齋竟然記得自己的作品，對此感到不勝惶恐的國芳，畢恭畢敬地把頭壓得更低了。

「那，你幾歲啦？」

「今年三十四歲。」

「我可都七十一歲囉，已經是老頭子一個了。你在歌川門下不也表現得出色，何必還來跟我這種老頭拜師學藝？你的武者繪已經獲得許多好評了。專程來我這兒，又還能學到什麼？」

北齋嚼著大福麻糬，一腳盤坐一腳立膝地這麼說著。國芳對此面露難色，似乎有話想說卻說不出口。他雖十五歲就成了豐國的門下弟子，卻長久以來有志難伸，一直到前陣子接下為暢銷小說《水滸傳》畫浮世繪插畫這份重責大任後，才終於得以在畫壇出道。

「雖然你人都來了，但我也這麼覺得呢。」

阿榮語帶同情地開口道。

「到了這個年齡才出師的確是有些晚了，所以我能理解你焦急的心情。可是你現在的風格正是這段時間裡你日積月累的成果，事到如今還是別給自己找麻煩的好。何況偏偏還想選這個老頭當師父。」

「喂，孱斗[19]！」

北齋指著阿榮的國字臉，用看似認真卻又像開玩笑的口氣厲聲喝道。

阿榮毫不在意地繼續說：

「總之啊，要我來說，遇上瓶頸之時，就是成長的好機會。與其有時間來這兒瞎攪和，不如回家畫畫去。」

「正是如此。」

北齋搭腔。

兩人一搭一唱之間，絲毫沒有國芳插嘴的餘地，於是他只好垂頭喪氣地離開了北齋家。

國芳沒精打采地拖著蹣跚的步伐走上歸途。此時，突然被身後傳來的聲音叫住。

「喂，小夥子。」

國芳回過頭，發現北齋赤腳站在那裡。北齋雖然老態龍鍾，身形消瘦，站姿卻莫名地盛氣凌人，令國芳頓時手足無措。北齋開口道：

「你的畫充滿了力量，構想也不錯，只不過……」

國芳緊張地吞下口水，等待著接下來的話。

「再放開些，自由地揮灑應該會更好。」

「自由揮灑……？」

「只管想著畫出會讓人驚奇連連，喊著『這什麼玩意兒!?』的作品，然後更加隨心所欲地，想畫什麼便大膽去畫就行。是你的話，一定畫得出這樣的畫。」

語畢，北齋便轉身返回了長屋。

接下這突如其來的一記當頭棒喝，國芳就這樣愣在原地，好一陣子都無法動彈。

「自由……是嗎？」

畫出讓人驚奇連連的作品。令人為之驚呼『這什麼玩意兒』的畫。所有映入眼簾的東西——即便是肉眼無法看見的，都只管隨心所欲地創作。

北齋所說的話在腦中揮之不去，國芳漫無目的地走在江戶的街道上。

當他不經意地抬起頭，那一瞬間，隅田川下游的景色映入眼底。

河岸上，漁夫正在用火將船底烤焦以防止腐蝕。他們頭上綁著布巾，身上僅有一只丁字褲，辛勤地工作著。自船底冒出的陣陣濃煙，冉冉而升。視線隨著煙霧往上看去，天空中飄著層層疊疊緩慢流動的雲朵。

隅田川風平浪靜的景色，深深地烙印在國芳的眼裡。他還看見在河川的另一頭，並列著一間間白色牆壁的倉庫。接著發現，小橋的橋頭處，遠方矗立著兩座塔。

「原來那裡有座塔嗎？」

國芳凝神細看。

「難道是用來查看火災的望樓？」

有著屋頂的塔看來像是一座望樓，然而它的旁邊還有另一座高可參天的奇妙尖塔，外形相當奇特。那座尖塔究竟是什麼，國芳沒有絲毫頭緒，但他確實看見了。

「不行、不行。我一定要更自由、更大膽地，看到什麼就畫什麼。」

國芳一邊激勵自己，一邊將在三岔路的土地上所看到的景色，確確實實地刻畫在腦海中，一氣呵成地將這般光景封存進自身的作品裡。

一百八十年後的二〇一一年二月二十二日，東京新聞的早報上，刊出了一則獨家報導。

《晴空塔現身於江戶的天空!? 歌川國芳畫中的神祕之塔》

江戶時代的浮世繪畫師，是否已預知未來將會出現「東京晴空塔」？真相如何雖已不得而知，然而令人驚訝的是，有一座和明年春天啟用的電波塔長得極為相像的高塔，竟出現在一幅描繪隅田川的風景畫裡。這幅畫的作者正是以構圖大膽、獨具巧思而聞名的浮世繪畫師歌川國芳（一七九七～一八六一年）。有關一百八十年前高聳入天的這座尖塔背後的秘密，請看我們的追蹤報導。

這張受到矚目的作品，是在一八三一（天保二）年左右繪製而成的《東都三股之圖》。

自稱「畫狂老人」的葛飾北齋，以九十高齡壽終正寢。歌川國芳則是顛覆了浮世繪的常識，其中許多天馬行空的作品，以及富有玩心的錯覺畫，更是廣受眾人好評，一舉成為江戶時代後期的代表畫師。

據傳，歷經了拜師騷動之後，兩人之間建立了深厚情誼，成為能互相談論畫作的深交。

註17：長屋，一種日式集合住宅，多為長條形的一層樓建築。
註18：半纏，和服的一種，長度較短，通常會套在和服上做為外套。
註19：戽斗，據說因為阿榮的下顎突出，因此北齋會以戽斗（アゴ）做為私下稱呼她的外號。

Little Manhattan（小曼哈頓）

江東區

大家還記得彩虹大橋開通的那一天嗎？

我記得。那是一九九三年八月二十六日，暑假到了尾聲的時候。

大批的人群興致勃勃地走過這座新橋樑，但在橋的另一頭，一眼望去盡是荒涼的空地。現在被泛稱為「御台場」的這個地方，大部分都屬於江東區以填海造陸而成的人工島。然而彩虹大橋開通當時，這裡還是一片荒野，真的就像是來到世界盡頭一般，什麼也沒有。

可是，我，江東區，在江戶時代開始填海造地之前，一直是只有一點點陸地，其餘幾乎全是大海的地方。當時的海岸線，位於現在總武線行經一帶，這裡曾經是只見蘆葦叢生的低窪沼澤地，四處零星散布著小得稱不上是島嶼，由泥沙堆積而成的「沙洲」。

填海造地從江戶時代初期（大約十七世紀）開始，到了明治時代（一八六八～一九一二年），這裡乘著水利之便形成工業地帶，如今一躍成為東京代表性的觀光景點。但這一路上，也是歷經了許多曲折。在悠長的歷史中，這片陸地的出現也不過是最近的事，然而這二十多年來，各式各樣的人曾在這裡描繪他們的夢想，最後又黯然離去。

大家還記得世界都市博覽會嗎？我記得。我依然記得。為了振興因泡沫經濟崩壞而停擺的御台場再開發案，本來預計在一九九六年的春季到秋季，在此舉辦長達兩百零四天的都市博覽會。政府訂立了臨海副都心計畫，期望能以都市博覽會為契機，將年久失修的工廠聚落改造成辦公商圈，打造完善的公共設施。

那時，連東京灣沿岸煞風景的倉庫街，也被冠上了「灣岸Waterfront」的美名，水岸邊搖身一變成為時下最新潮的場所。雖說正值泡沫經濟崩壞，但人們依然沉浸在紙醉金迷的氛圍裡。若是現在一到末班電車的時間，人群就會自店家散去，但在那時，誰不是徹夜玩到天亮。市區那一頭多的是隆隆作響的背景音樂、川流不息的計程車頭燈，以及霓虹閃爍的不夜城；大海這一頭的我，既沒有街燈，也不見人影，有的只是一片寂靜。

不過，這裡卻匯集了許多夢想。那些認為沒道理棄這片廣闊的土地於不顧的人接連地前來我這裡視察，就像在一片全白的畫布上，描繪出種種構想，又說要建造這樣的市街，又說想打造那樣的城市。

一九九三年，在當時的鈴木都知事的斡旋下，都市博覽會的舉行終於拍板定案，計畫也正式進入實行階段。為了迎接三年後的博覽會，開發工程如火如荼地展開，一心向著完成的那天邁進。我不停幻想著，自己將會像一九七〇年大阪萬國博覽會一樣，以我江東區為舞台，將全日本的心緊緊繫在一起。成群造訪此地的孩子們，也會在這裡創造各種美好回憶。每當我想起這些，心中就會被幸福感填滿。

都市博覽會的工程進行時，我時時刻刻滿懷著興奮與期待。因為人們說了，要把地挾東京灣的御台場，開發成像曼哈頓一樣的都市！沒錯，彩虹大橋正是如同那橫跨紐約東河的布魯克林大橋般的存在。

這塊新開闢出的土地，雖說是在東京都內，卻也是少數散發著悠閒氛圍的地方。在開發工程開始前，白天甚至會有衝浪手來到這裡衝浪。我意氣風發、充滿希望地認為，這裡將會有別於擁擠不堪的都心，化身一座嶄新的自由之城。

但諷刺的是，時代在急速改變。人們的心態已無法再像大阪萬國博覽會那時，那麼樂天、那麼積極。只有我依然懷抱著夢想，其他人的心卻早已漸行漸遠。

一九九五年四月所舉行的統一地方選舉中，一名藝人出身的議員，當選成為東京都知事，他就是青島幸男。唉，青島……光是說出他的名字，我就不禁陷入憂鬱之中。他先是提出了取消都市博覽會的政見，當選後也不曾改變立場。畢竟東京都民在當時全都強烈支持他中止都市博覽會。

當下我覺得自己好像被全體都民厭惡一般。那種感覺，就像大家都頭也不回地轉過身去，說著「你會變成怎樣都無所謂」，任憑我自生自滅。

心靈受創的不只是我。那時都市博覽會已經有了自己的形象角色，也就是現在所說的「吉祥物」，而且還取了個響亮的名字，叫做「東京大使」。東京大使是一個穿著燕尾服，戴著領結，風度翩翩又笑臉迎人的紳士。他的周邊商品原本應該會大賣特賣，成為家喻戶曉的人氣角色，紅到就連彥根喵、熊本熊、船梨精[20]都望塵莫及。直到現在，一想起沒有機會出現在世人面前的他，我的胸口都會感到一陣絞痛。

那之後已過了將近二十年，都市計畫改以另一種形式實現。單軌電車百合海鷗號開始營運，富士電視台也遷移至此，而原本該是都市博覽會會場的地方，建起了以大型摩天輪為地標的五彩城（Palette Town）複合商業設施，引來不少人潮。周圍林立的辦公大廈與摩天大樓，形成了一幅與數年前截然不同的夜景。這裡已不再是既沒有街燈，也看不到人影的寂靜之地，而是一個配得上小曼哈頓之名的繁華城市。

啊，也不知為什麼，即使如此，我內心的某個角落，還是覺得有那麼一點寂寞。

結果，正如過去人們所想像的，有著無數管狀高速道路在空中來回穿梭的二十一世紀並沒有來臨一樣，我心中所描繪的這個城市的未來，也並未實現。不知道是不是因為那時夢得太多太美好，這股失落感才總是在我心頭揮之不去。

註20：彥根喵（ひこにゃん），為日本滋賀縣彥根城的吉祥物；熊本熊（くまモン）和船梨精（ふなっしー）則分別是熊本縣以及千葉縣船橋市的吉祥物。

我這開場白可是很長的

品川區

這東京啊，有個地方叫做品川。現在看來，也不是特別有什麼名堂的地方了。總之就是電車軌道特多，然後？欸，好像還真沒啥有趣的……

說到這品川哪，就屬以此地為故事背景的古典落語[21]段子《品川心中》跟《居殘佐平次》最為有名。這也是因為，品川曾經是個遊玩享樂的絕佳勝地……這遊玩歸遊玩，可不是像小朋友玩「尪仔標[22]」的那種啊。而是有幾個漂亮的姐姐們，坐在木格子的柵欄裡邊，對你招著手說「小哥，先別走嘛～」，說白了，就是讓男人找樂子的「遊郭」。但說起遊郭，大家首先想到的都是吉原。吉原遊郭本來位在日本橋一帶，後來搬到了淺草寺後面，總之一直都是在江戶偏北一帶。所以，也有人習慣稱之為北郭、北里或北國。反觀這兒地處偏南，還與大海鄰接，土地本身便十分開闊。先別說是我想跟人家較勁兒啊，品川遊郭又被稱為南郭、南國，有時甚至直接簡稱為「南」。論起地位，則還有人會說南郭是在北郭之上呢。不過說歸說，現在這一區也早就見不著那種花街風情了。現在只要講到遊郭，就是吉原兩個字，你們瞧瞧，什麼便宜好事，最後都會被那個淺草給撿去。

既然說到這了，就得提一下海苔。品川的海是淺海，沿岸的水不怎麼深，還能在退潮時趕海拾貝。待養殖海帶的方法被發明出來之後，這兒的漁業變得極其興盛，結果難得在品川辛辛苦苦製造出來的海苔，卻被打著「淺草海苔」的名號拿出去賣，套句現在的話，無非就是品牌策略失利麼！雖然這也不是什麼稀奇事……但總之這裡就是個繁榮的地方，也因此成了落語段子裡的背景舞台。

至於，為何品川會這麼繁榮，這就要拜交通便利之賜了。無論古今，這裡的交通都非常便捷，話說江戶時代，品川還是東海道的宿場[23]之首。當時，德川家康大人一聲令下，就在江戶到京都之間的主要道路上，設置了五十三個宿場，其中風光明媚、靠近大海的品川，人潮更是絡繹不絕，生氣蓬勃。長約兩公里的宿場路兩側，有類似現在咖啡廳的茶屋，又有如同今日商業旅館的旅籠屋，延綿相連。天保十四年（一八四三年），據說這兒的旅籠屋，有高達九十間都是可以和遊女共度春宵的「飯賣旅籠屋」……

唉唷，我怎麼一個不小心又講回遊郭去了。回神～回神～。總而言之，以前這個地方無論晝夜，都是一片喧囂啊。

說到這熱鬧，就想到御殿山。什麼？品川哪來的山？現在呀，只剩大廈、十字路口還在用這個名稱，第一次到這兒來的人，大半都會念著：

「咦？御殿山？山到底在哪兒？」

在那邊東張西望的找不著山呢……

其實，過去所謂「御殿」便是指將軍獵鷹、舉行茶道會的行館或別墅，所以日本到處都能看到「御殿山」這個地名。據說，第三代將軍德川家光大人，特別鍾愛品川這裡的御殿山，十八年內就駕臨此處近兩百多次。江戶中期以後，品川御殿消失，這裡作為賞櫻名勝地，成為許多賞花客和一般民眾的遊憩場所。加上御殿山這名字聽起來就是高級，用來給建築設施命名再適合不過，像是Laforet俱樂部旗下的「御殿山花園　Hotel Laforet東京」，御殿山甚至還被擺在東京前面呢。不過這地方的名字也在二〇一三年十二月被撤換，令人不禁感嘆時代的變幻無常哪。

但相較之下更令人吃驚的是在品川這裡，出現了鐵路。你們瞧，這品川不僅是東海道宿場之首，說起日本最初有火車鐵道的地方，也是品川。那是在明治五年（一八七二年）春天，往返品川至橫濱間的鐵路開通，過沒多久，品川至新橋的鐵路也順利完工，迎來日本第一條鐵路全線開通。

讓我們把時間快轉，來到五年後的明治十年六月，從橫濱開往新橋的火車上，有個美國人看著車窗外流動的景色，忽地發現了有個令人在意的東西。

「嗯？那是什麼玩意兒？那種地方怎麼會積了一堆貝殼？」結果你猜怎麼著，竟然就這樣讓他發現一座貝塚遺址。當下立刻就展開了正式的考古挖掘，接連挖出了像是陶器啦、石器啦，夯不啷噹將近兩百六十一件古物就這麼出土了。這就是大森貝塚，人稱日本考古學的發祥地……不過這大發現的契機還真是有夠普通的哪。連發現者摩斯[24]本人都大吃一驚，一切都是多虧了鐵路的存在。

聽到這裡要開鑿鐵路時，品川的人們多半挺反感的。唸著「什麼？要讓那麼嚇人的東西在這跑來跑去？認真的嗎？」。

要知道我也很不好受啊，又是鑿山又是填海的，就這樣被人們狠狠地大改造了一番。反正品川宿場一直以來都繁榮這麼久了，真的很想拜託他們就別再盡搞些多餘的事兒。不過鐵路網還是變得日益密集，眼看現在品川車站已經有多達二十個電車月台。行經的線路包括山手線、京濱東北線、橫須賀線，當然也少不了東海道本線。不只如此，還可以搭EXPRESS直達成田機場。你們說變得相當方便不是挺好的？還不就是個電車轉乘樂園麼！要我來說，你們偶爾也刷票出個站，到外面的街上來，四處走逛一下吧。只不過哪裡都找不到遊郭就是了。

但是，這遊郭確實存在過。故事要從走進宿場開始，在街道兩側各種供人吃喝玩樂的店家中，有一間叫做白木屋的妓樓，這裡的當家名妓，是個名叫阿染[25]的花魁……

註21：落語，一種日本傳統表演藝術，多由一位說故事的人（即落語家）坐在舞台上，身穿和服，搭配音樂講述長篇的滑稽故事。文中提到的《品川心中》與《居殘佐平次》為落語的知名題材，故事皆以品川的遊郭作為舞台。

註22：尪仔標，日文作「メンコ」，早期流行的一種供兒童玩樂用的紙牌。

註23：宿場，古時日本由傳驛系統發展形成的街區，功能類似驛站。

註24：摩斯（Edward Sylvester Morse, 1838-1925），美國的動物學家。曾於東京大學擔任外籍講師，意外發現大森貝塚，確立了日本的人類學與考古學基礎。

註25：此處的阿染即落語《品川心中》的主角之一。

昭和的龍宮城

目黑區

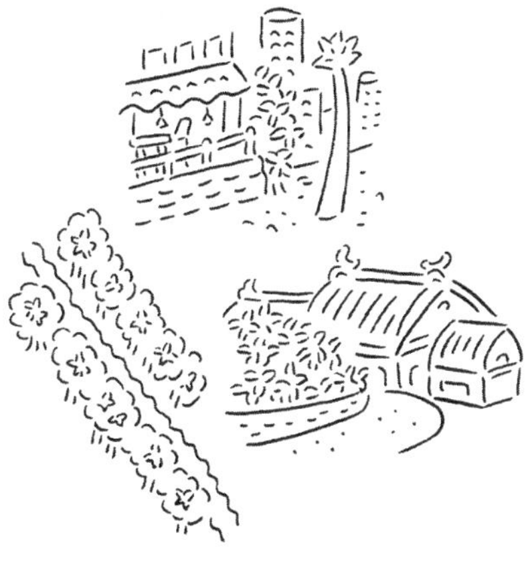

從前從前在某個地方，有一間不可思議的料亭[26]。雖然這裡以一間料亭來說，建物規模實在是大得不得了。大約兩萬坪的占地中，不但有浴場、旅館，還有美容室、攝影棚，甚至還有日式神殿。

——咦，你問這不就是個日式結婚會場嗎？

沒有錯。

就是結婚會場！

我，目黑區誕生於昭和七年（一九三二年），不過今天要說的，是有關在那之前一年開幕的日式結婚會場的故事。從各方面來說，這裡都是一個打破了舊有形式，具有劃時代意義的場所。

遼闊的占地中遍布著富麗堂皇的和風建築……直到昭和十八年（一九四三年）二次世界大戰的戰局惡化之前，此處一共歷經七次擴建，其建築內部，裝飾豪奢、色彩絢麗，給人恍若置身於安土城宮殿或是日光東照宮的錯覺；又好似來到了江戶時代的遊郭，抑或是歌舞伎的世界。這是一個脫離了日常生活的奇幻空間，宛如一座龍宮城。

牆柱上雕梁畫棟，五彩繽紛；不只紙拉門，就連拉門上方的壁板，都畫著典雅的美人畫，所有隔板、拉門的骨架部分也都有著精緻的木工雕琢。抬頭一看，木格狀的天花板不但有以純金箔加工的四季花草圖，黑漆部分則鑲進了大量的螺鈿工藝，如極光般熠熠生輝。眼前盡是一片絢爛奪目，令人目眩神迷。

這裡所提供的料理，是道地的北京菜和日本菜。與其極盡奢華的裝潢正好相反，菜單上親切地註明了每一道料理的價格，以當時而言，這是一項嶄新且有良心的創舉。也因此愈來愈多過去與料亭文化無緣的一般市民，成了這裡的顧客。此外，據說中式餐廳常見的圓形轉桌，也是從這裡發祥的。後來，園內又打造了日式神殿，並加設備有禮服與假髮的美容室以及照相攝影棚，以此來建立一條龍的服務系統，創造出名為結婚會場的全新業務型態。

這裡的一切都過於奢侈到令人說不出話來，卻又充滿了獨創性——這就是昭和時代的龍宮城·目黑雅敘園。

從頭到尾的構思，都是出自一名擁有傑出商業頭腦的男子。

從前從前在某個地方，有位男子名叫細川力藏。力藏出身於石川縣，他在小學畢業後前往東京，在錢湯（大眾澡堂）當起了學徒。

在這個年代，讓十歲前後的小孩出去外面當學徒是很常見的事。商家會提供吃住，而學徒則是一邊跑腿打雜，一邊記住禮儀規矩，從頭開始學習商人之道。客人稱他們為「小僧」、「坊主」，平常多半就站在店門口招攬客人。商家打烊後，便會接受讀書寫字與珠算的指導，就這樣花上十年才能成為店裡的伙計，再花十年當上掌櫃，這之後才有可能出外開分店或自立門戶，拓展自己的道路。

力藏在當學徒的澡堂裡，是一名「三助」。所謂「三助」，就是要負責在鍋爐燒柴、調整浴池的水溫，同時擔任櫃檯業務的員工；如果顧客有需要，有時也必須提供梳髮、擦背的服務。

有一天，這家澡堂的老闆中野大人來到這裡。中野大人出身於越後國，也就是現在的新潟縣，是日本首屈一指的石油大王。這位大人不但有錢，還是一名致力於教育與慈善事業的慈善家。

中野大人接受擦背服務時，看上了這個澡堂三助的工作態度。這就是一切的開端。

「喂，你叫什麼名字？」

「是，小的名叫力藏。」

「我看你還挺機靈的嘛。打哪來的啊？」

「是，小的來自能登。」

「是嘛。我是從越後來的。那咱倆的老家還挺近的，是不是！」

「是，小的不敢當。」

「像你這等人材，是不會甘於永遠當個三助的。這事兒你自己也明白吧？在我看來你迫不及待地想趕快闖出一番事業啊。我跟你說，接下來我想在芝浦蓋一間新的浴場，怎麼樣，要不要去我那兒當掌櫃的？」

從前從前在某個地方，有一個名叫酒井久五郎的木匠師傅。久五郎生於靜岡縣伊豆，來自一直以來有許多優秀的傳統手工藝師傅輩出的小下田。久五郎在三十三歲就受拔擢，成為目黑雅敘園的領頭木匠師傅。

久五郎對木匠這份工作，有著非常高的榮譽感。

「我們的目標不是建造出虛有其表、華而不實的存在，而是能夠流傳後世的鉅作。」

透過經營浴場賺進大筆財富的細川力藏，十分讚賞久五郎的志氣。於是，就如同當年中野大人看上他的才華，給了他機會一樣，力藏拍著久五郎的肩說：

「很好，我中意你！我想要打造一間店，這間店不是開給特權階級，而是要讓一般人也能放心進來大啖美食，享受高級感的地方。你就只管盡情地大展身手吧。幫我建造出一間料亭，讓平民百姓進了這裡，就像走進夢境一樣。」

就這樣，集璀燦奪目於一身的現代龍宮城，在目黑落成了。一開始作為一間料亭，後來成為綜合結婚會場，在迎來最盛時期的昭和十四年（一九三九年），甚至曾在一天內就有多達一百一十六組的新人在此舉行結婚典禮，來訪的賓客無不為這雄偉豪華的空間感到嘆為觀止。不論是花鳥風月、松竹梅、鶴龜、富士、扇子還是萬寶槌，到處充滿了日本傳統的吉祥圖樣，令人得以沉浸在稍縱即逝的慶典氣氛之中。

但這般雍容奢華，也一度因戰爭劃下休止符。在「奢侈乃大敵」的年代裡，目黑雅敘園不得不吹熄燈號，部分建築也在東京大轟炸時被燒毀。戰後歷經重建，本以為能夠找回過去的榮景，不料又因目黑川的拓寬工程，而使其大部分的占地遭到破壞，被一棟棟鋼筋水泥的大廈取代。

不過，當年的匠意依舊留存了下來——完全施以螺鈿工藝的電梯、架著一座半圓拱橋的豪華洗手間——至今仍繼續讓人們大開眼界。此外，沿著山坡由上而下建造了七間宴會廳的三號館，通稱「百段階段」，也依然固守昔日的風貌，靜靜地佇立在目黑這塊土地上。

每間宴會廳裡，各自有著鏑木清方、荒木十畝等一流日本畫畫家盡情揮灑的繪畫，配上色彩繽紛絢爛的裝飾，空間中散發的濃厚能量令人為之目眩，此乃一處日本風的異想世界。彷彿在宣示著「侘寂美[27]算什麼東西！」的奢華美學，就這麼被保存流傳了下來。

註26：料亭，一種高級的傳統日式料理餐廳，從室內外裝潢到陳設以及料理的口味、擺盤等皆非常講究。多為包廂預約制，費用高昂，早期不接生客，為政商名流聚會的首選。近來由於不景氣已逐漸開放給一般大眾。

註27：侘寂（Wabi-sabi），一種以接受短暫和不完美為核心的日式美學。侘寂的美有時被描述為「不完美的，無常的，不完整的」。其特徵包括不對稱、粗糙或不規則、簡單低調、親密和展現自然的完整性。

消失的城鎮

大田區

這裡大田區，在二十三區中面積最大。然而這也是由於一九九二年的填海造陸工程，換言之，此地面積以人工海埔新生地占了多數。其中，大田區約有三成都屬於羽田機場。

羽田機場至今仍在不斷進行擴建，D跑道和新國際線旅客航廈，皆是在不久前才剛剛完成，此處正如同日本的門面。一九六四年，日本政府開放國外觀光自由化後，便有許多民眾到訪大田區，飛赴海外。

作為讓對外國滿懷夢想與期待的人展翅高飛的場所，來到此地的民眾，都彷彿心不在焉——又或者一心想著土產、紀念品，而從未深入思索有關地面上的事。例如，這條巨大的跑道完工前，這塊土地上曾有過什麼？是否有人居住過？同樣是機場的成田在建設時曾引發一連串的激烈抗議，那羽田呢？

倘若有人抱持著這類疑問，本人一定知無不言言無不盡。因為這些遙遠的往事，都早已被人們遺忘在九霄雲外。

開往羽田機場的京急機場線上，有一站名為穴守稻荷。穴守稻荷神社過去坐落於河川另一頭的東側……說的更明確點，是現今羽田機場的部分占地，原本正是來自這座神社的境內範圍。

戰前的羽田，即穴守稻荷神社一帶，曾是關東具代表性的遊覽勝地。走過橫跨海老取川的稻荷橋，高級日式料亭、溫泉旅館等店家櫛比鱗次，藝妓奏響的三味線不絕於耳；通往神社的參拜路上，則林立著鳥居、石製與木製燈籠，相當繽紛艷麗。絡繹不絕的人潮，使得京濱電鐵甚至將終點站從京濱蒲田（今京急蒲田）延伸至穴守稻荷神社門前。神社本身則因「穴守」有「庇佑穩賺不賠」之意，吸引許多花柳界人士或賭客等為求俗世利益之人來此參拜，使得此地人氣鼎旺。

登上神社正殿旁一座名為「羽田穴守之築山」的富士塚[28]頂，就能向東眺望大海。羽田沿岸一帶在退潮時會露出廣大的濕地，因此也有眾多遊客會來此趕海拾貝。此外除了海水浴場還設有運動場，使這裡成為當時的一大休閒景點。

大正六年（一九一七年），日本政府在穴守稻荷神社的占地旁建立了日本飛行學校，並成為爾後的羽田飛行場。每當有螺旋槳飛機騰空飛起，便能聽見來享受海水浴的遊客們發出陣陣歡呼，並抬頭仰望著天空，看得好不入迷。那是一個美好的時代，社會吹起民主主義風潮，人人皆有閒情逸致可以享受休閒活動。然而不久之後，發生了關東大地震，人們歷經了艱辛的復興重建，接著卻又輪到戰爭來臨。然後——

事情發生在一九四五年，戰爭結束一個月後的九月二十一日，美國佔領軍突然命令這附近一帶的居民，必須在四十八小時內強制撤離。

四十八小時以內!?

住在羽田鈴木町、羽田穴守町、羽田江戶見町三町之居民，約有一千兩百戶，人數近三千人。這些居民在飽嚐戰敗打擊的同時，還要遭受如驅趕害蟲一般的待遇，被迫離開故鄉。其理由是為了替成為佔領軍主要基地的羽田飛行場施行擴建工程。於是羽田機場無止盡的擴建歷史，便從這一天開始了。

突然被逐出家園的居民，陷入了一片恐慌。他們一頭霧水地將所有家當裝載綑綁在板車上，渡過了稻荷橋，卻不知何去何從。四十八小時後，美軍部隊坐鎮在橋頭，對於試圖返家的居民，行徑非常蠻橫，甚至會開槍射擊以示威嚇。城鎮在轉眼間被徹底破壞，全部化為供多架戰鬥機來去滑行的跑道。

原本在這裡的三個町，從此自地圖上消失了。

那些人們居住的房舍、曾為全家大小戲水玩耍的海水浴場，也都沒有留下任何痕跡，就連穴守稻荷神社也被迫遷離此地。

然而只有一處，在羽田機場中還留有昔日的風景——那就是大鳥居。

當初意圖拆除大鳥居的人，陸續出現了意外傷亡。人們害怕這是由於大鳥居在作祟，於是放任它留在機場之中，遺世而獨立。

在近代化而無機質的廣大荒野與跑道風景一隅，佇立著一座和風的鳥居，這景象的確是十分奇妙。每當我望著大鳥居，九月二十一日那一天的情景便清晰地浮現眼前。那裡有著因佔領軍的蠻橫無理而絕望、因戰敗的羞恥而感到失望的人們。而大鳥居正是能夠印證此處曾有城鎮存在的唯一證明。

然而，一九九九年，這座大鳥居也因再次的擴建工程，成為被拆除的對象。

此時，多虧了周邊城鎮的居民站出來募集遷移資金，才讓大鳥居免於遭受劫難。或許這些人就是當年被迫於四十八小時內撤離的居民的子孫也說不定。

如今大鳥居在距離當年穴守稻荷神社所在地約八百公尺外的多摩川河畔，展現其宏偉的姿態，亦不再聽聞有人提起作祟之說。彷彿在守望著那些昔日城鎮的故跡一般，大鳥居今日仍靜靜地佇立在這塊土地上。

註28：富士塚，模仿富士山外形而築的人工山塚。

來自澀谷的情書

澀谷區

大家過得好不好～？

人家我很好ㄛ！

謝謝你們常常來人家這裡玩！

今天我要來說一些故事，讓大家知道澀谷真的是個超棒的地方。

畢竟你看嘛，澀谷給人的印象就是差了點，覺得這裡就像個髒亂大都市的代表作。說我是年輕人的城市，聽起來是很酷啦，但負面印象也很多啊～像是在中央街遊蕩的混混啦，或是充滿犯罪氣息之類的。

可是要人家來說，根本不是這樣的好ㄇ！

這裡是個很棒很棒的城市！

因為大家的青春年華，都濃縮在這裡了啊！

人家澀谷之所以老是擠滿了人，有一個原因，就是經過這裡的列車多得要命，這～麼多條路線，連人家都快搞不清楚了。像是國鐵……呃不對，現在叫JR才對。光JR就有山手線、埼京線還有湘南新宿線了，然後是東急東橫線和田園都市線。田園都市線又能接到半藏門線，東橫線又接到副都心線，雖然是不同線卻又互通行駛什麼的，搞得我好亂啊。而且話說回來，人家不是一座谷嗎？所以像銀座線就超吊詭的，明明是地下鐵，但開到我這裡，馬上從地下變成地上三樓，也太逗了吧～！吼唷我到底是矮別人多少啦？真是笑死我了，哈哈哈！

還有啊，京王井之頭線也有經過，可以一路通往吉祥寺歐。不管怎麼說這裡就是個重要的大站呢。澀谷車站是在明治十八年（西元一八八五年）啟用的，但當時真的是空蕩蕩一片。會突然決定建車站，是因為以前在隔壁駒場，原本有一個專門給大爺們獵鷹的地方。大家都知道江戶時代，人人都過著悠哉享樂的日子，所以那些名門望族也很愛養老鷹來當娛樂。可是啊，「那個人」……別誤會了人家是指培里[29]啦，在他來了以後所有人全～～都慌成一團，想說再不開始搞軍事訓練，鐵定要GG，於是就把獵鷹場改成了軍事演習場，也因此人家這裡才有了車站。那個地方現在已經變成駒場野公園，只要從澀谷搭上井之頭線，在第二個車站「駒場東大前」下車馬上就能看到，大家有空的話，記得去看看ㄅ。

另外，從站名就可以知道，在駒場也有東京大學的校區，以前是叫東京帝國大學農學科大學就是了。曾在這裡當教授的上野英三郎大叔，不瞞你們說正是那隻忠犬八公[30]的飼主。

八公的故事真的很哭哭齁。人家到現在都還會想起八公的事。現在大家對牠的印象都只有銅像，但人家不一樣，是見過牠本尊的。不管是小八總是來到車站替上野教授送行，還是上野教授過世後，小八依然日復一日來車站等待主人歸來的那副模樣。

可是那時候大家都不知道，待在車站的這隻髒兮兮的秋田犬，其實是這麼偉大的狗狗。所以牠不只遭到行人的無情對待，有時還被毆打。那景象真是讓人看得火都上來了，畢竟人家一直以來都是死忠的愛狗派嘛。可以說是比起人類還更喜歡狗狗的說。那些欺負小八的傢伙，實在是很不能原諒欸。然而後來有個愛狗的大叔，也覺得小八很可憐，於是寫了一篇文章投稿到報社，讓大家知道「這裡有一隻這麼偉大的狗狗」。小八從此一舉成名，大家都「八公、八公」的稱呼牠，開始得到大家的疼愛。小八等教授等了將近十年，在昭和十年（一九三五年）離開做了天使，不過牠走的前一年，還參加了自己銅像的揭幕典禮呢。在本尊還在世的時候就有了銅像，從各種意義上來說都超威的啦。現在，小八和上野教授則是一起長眠在青山靈園裡。

說起昭和九年（一九三四年），澀谷這裡除了八公像，還建起了與車站連通的百貨公司——東橫百貨店＝現在的東急百貨店東橫店。在當時這可是個史無前例的壯舉欸！畢竟那時候的百貨公司多半都只蓋在銀座、日本橋之類的地方，雖然澀谷還有銀座線可以到那附近，可是想到要跑那麼遠，就覺得懶了。於是經營東橫線的精明大叔五島慶太就跳出來，開始在澀谷東設西建的，蓋了好多東西。

話說在前頭，這個大叔在澀谷算是僅次於忠犬八公的一級重要人物！在大叔的公司改名為東急集團後，澀谷就變得超火紅的。因為出現了一〇九百貨啦！大家都知道一〇九是日本黑辣妹的聖地，不過其實在更早之前，這裡就是許多年輕女孩的嚮往。

只要你們曾經路過一〇九旁邊，就一定看過一個告示牌，寫著「戀文橫丁曾在此處」。相信我，你們一定有看到過！它就在那裡！只是因為眼睛業障重所以沒印象而已！夾在一〇九和The Prime商城大樓之間的狹窄三角地帶，那個地方以前被稱作戀文橫丁，也就是情書巷。

戰爭剛結束不久的昭和二十五年（西元一九五〇年），因為韓戰開打，所以日本進駐了一批批的美國軍隊。那些跟美國大兵談起戀愛的女孩們，雖然想寫信給回到美國的意中人，可是她們對英文根本一點概念都沒有。於是，有一個在巷子裡開店的好心大叔，叫作菅谷先生，便開始替那些女孩子代筆寫情書。我記得，菅谷先生好像曾經當過陸軍軍官還怎樣的，多國語言能讀能寫一把罩，真的是位神人。菅谷先生的代筆事跡後來也被改編成小說和電影，紅極一時，可惜現在這裡早就找不到任何當年的痕跡了。

不過啊～就算時代一直改變，至今還是有好多好多的年輕人會來這裡玩，人家真的好開心ㄛ！女孩子說起來不都是自己的頭號粉絲嗎？所以人家也不例外，真的好喜歡自己、好喜歡澀谷！如果大家也可以越來越喜歡澀谷就好了，人家是這麼覺得的啦～那就這樣，先閃囉，掰掰！

註29：培里（Matthew Calbraith Perry, 1794-1858），美國海軍將領，於1853年率領黑船從浦賀入港，打開鎖國時期的日本門戶。日本史稱「黑船來航」。

註30：忠犬八公，為日本廣為人知的忠犬故事。上野英三郎飼養的秋田犬「小八」在主人因病猝然去世後的將近十年間，仍不斷來往於澀谷車站等待主人的歸來。後人因感念其忠心敬稱為「忠犬八公」，並在澀谷車站前設立了銅像。

唉呀，夢幻的東京奧運

世田谷區

向各位請安，奴家名為世田谷區。二〇二〇年奧運確定於東京舉辦，實在可喜可賀！奴家雖屬一恬靜住宅區，給人的印象清新而脫俗，然而正如各位所知，這兒駒澤有一座寬廣的綜合運動公園，其名便是奧林匹克公園。一九六四年的東京奧運會上，有東洋魔女之稱的日本女子排球隊，正是在此世田谷區駒澤舉行的運動盛會中奪下了金牌呢。可見此地歷史之悠久，堪為代表昭和時代的傳奇舞台。

也因此，本以為這次二〇二〇東京奧運會，主會場之位勢必非奴家莫屬。雖然一九六四年那時，大會開幕與閉幕儀式的風采都被新宿的國立競技場給搶盡了，哼，不過也罷，事到如今已無意再多作計較。從交通來看，那個地方確實是比較方便，這點事兒奴家比誰都還要清楚。

然而，這次奴家竟沒被指名為任何一個會場，實在心寒啊!!

明明是在東京舉辦的奧運會，駒澤奧林匹克公園綜合運動場，卻落得無名無份，榜上無名，真是連作夢也不曾想到!!老天爺，你說這成何體統哪!?組織委員會的那群凡夫俗子到底在想些什麼!?

奴家聽到了些許風聲，似乎二〇二〇年東京奧運會的宗旨，便是「利用既有設施營運」。既是如此，哪還有比駒澤更合適的會場？

昔日，人們還會為了一睹東洋魔女奪金之地，專程前來駒澤。這兒的游泳池、自由車賽道設備完善，因此奧運結束後也搖身一變成為東京都民隨時都能前來舒展筋骨的場所。論及會後的場地活用程度，那可是不亞於東京體育館或國立代代木競技場的。

駒澤奧林匹克公園場地遼闊，內有立體交叉步道、仿五重塔外形而建的管制塔、體育館、競技場以及中央廣場，設施宏偉壯觀，即使擺在任何國家面前，也不會失了顏面。雖然一九六四年奧運會的開幕和閉幕儀式沒有在這裡舉行，的確教人扼腕，但至少身為第二會場，舉行了摔角、足球、曲棍球、排球四種項目，人們高漲的情緒充滿了整個公園。那是一段如夢似幻的時光，也是奴家盼了好久才盼到的日子。

其實，東京奧運會最早預訂於一九四〇年，即昭和十五年舉辦。這可是比一九六四年足足早了兩輪呢。而原先被指定為一九四〇年東京奧運會主會場的，正是奴家．世田谷區的駒澤。

世田谷本為一片遼闊的農地，而駒澤村的盡頭有一片雜木林，名叫大切山。一九一〇年代，大正時期之初，這兒興建了一座東京最早的高爾夫球場。說起東京高爾夫俱樂部，那可是名門中的名門。攝政時期的昭和天皇和威爾斯親王，也曾在這兒一同參加過親善高爾夫呢。

那時高爾夫是種悠哉的休閒活動，也不會特地雇人來當桿弟，頂多就是讓附近的小毛頭來做，給他們賺些零用錢。場地裡頭建了座氣派的會館，可供客人在此交流情誼。許多穿金戴銀、家世顯赫的紳士們皆會乘著轎車來訪。

東京高爾夫俱樂部在成立約二十年後遷往埼玉，留下的遺址便成了預定在一九四〇年的東京奧運會上，作為主要競技場受到眾人矚目的場地。

當下，奴家自然也是期待萬千。畢竟這兒本都只是一片一望無際的農地，如今說要興建如此近代化的建築物，真的是歡迎都來不及了呀。

正當籌備工作開始進行，卻又出現了對已成定案的奧運會挑三揀四的俗人。很不巧地那時正逢世局動盪，與中國的戰爭不斷，所以社會充滿應以戰爭為優先的聲音。滿口什麼「戰爭會需要大量鋼鐵，所以沒有足夠建材打造競技場」、「現在這種國際情勢，可不是舉辦奧運的時候」，許多人說得是義憤填膺。唉，所謂的政治家是不是比起運動，都還更愛打仗哪？就在反對者的聲浪越來越大，一九三八年，日本正式辭退奧運會的舉辦權。雖說由於隔年歐洲就爆發了第二次世界大戰，所以想必終究是不會舉辦的吧。當戰爭越演越烈，這兒被當成了防空綠地，或是生產糧食的農耕地使用。人們於是迎來了苦難的時代——直到一九六四年，奴家才終於如願盼到奧運會在這片土地上舉辦。

說起世田谷，各位可能都先會想到新興住宅區，但奴家也是經歷過重重歷史的。總之啊，奴家現在只祈禱二〇二〇年的東京奧運會，能順利如期舉行便好。

千萬別又和哪裡打起仗來，把這難能可貴的機會給糟蹋了才是。也別忘了把奴家的意思傳下去，重新檢討一下競技場的指定地點啊。

邁向百老匯之路

中野區

比伴隨奧運而實施的東京大改造還晚了一點點，一九六六年的時候，在從中野車站北口筆直延伸出去的「中野Sun Mall商店街」另一頭，有座軍艦形的巨大建築物君臨此地——這就是我，哥就是「中野百老匯」！不說不知道，這裡本來是那個有名的乃木[31]大將，為了給自家老婆大人養老用才買下的土地。原本只有一棟棟低矮的瓦頂建築並列的庶民地段，卻在某日突然蓋起一棟地下三層、地上十層的購物中心兼高級住宅。

說白了，就是四個字，莫名其妙。想想在這上頭可是砸了六十億日圓欸（而且還是當年的六十億），是不是有點用力過頭了啊？不過說真的，當時大家就是這麼用力。光從「百老匯」這個一看就知道是學人家美國的名字，就能窺見背後的野心啦。畢竟那個時代對美國有著超強烈的憧憬。誰叫當時的美國，真的超~給~力~的。

好像是因為一間叫東京Coop公司的社長宮田，去到美國紐約街頭時，發現自己從沒見過這麼酷炫的景象。路上充滿了行人，可以感受到整個都市散發著活力與能量。整個市街的建設很有厚重感，到處都是石造的氣派建築，而且都在比高的。格局根本不一樣啊。實在是太棒了，讓人目眩神迷，像一場夢境一樣。「要是東京也有這樣的建築就好了……不，乾脆就由我來打造一座！」宮田社長就這麼把心一橫，開始著手建設。會取名叫做百老匯，也是因為他想要讓這裡變成「充滿活力而不輸紐約的文化傳播據點」。就算如此這不是一個字都沒改嘛！不過這名字單刀直入又好懂，好像也沒什麼不好的。那個年頭，有社長這種氣魄的人，滿地都是哩。只是，建設上的阻礙實在太多，似乎讓社長一度覺得累感不愛。又是土地權利的問題，又是建築法還是資金不足的。要建造這麼大規模的建築物，真的沒那麼容易啊。所以社長那傢伙，好像心裡其實把我歸類成他人生中的黑歷史了。

東京奧運過後兩年，我終於呱呱墜地，名字就叫中野百老匯。然後拜託別再說這名字唸起來有點滑稽。我現在雖被說成是阿宅大樓、日本的九龍城寨什麼的，但剛開張的時候，我在大家眼中可是又酷又飛炫的。你說哥哥我騙人？欸真心不騙，至少開張前三年是這樣好嗎！這都是因為在一九六九年，那個火紅的男歌手Julie，也就是澤田研二[32]住了進來。

Julie！

啊～～Julie!!

那時Julie究竟有多紅，大概連現在的年輕人也無法想像吧。是像木村拓哉那種？喂喂，在說什麼傻話呀你。還是像米克傑格[33]？嗯——差不多是那種感覺吧。總之，既然人氣爆棚的Julie都住進來了，那這裡的地位就是能比現在的六本木新城還高檔。哥身為東洋第一的高級時尚大廈，能和銀座對拚的一流名店也紛紛進駐，那個時代無論對我或Julie而言，都是最輝煌的年代。順帶一提，青島幸男[34]也曾住在這裡喔。就是以「我是青島啦！」的段子知名的青島。不過就算這麼說大概也沒人懂。啊～啊，原來已經過了這麼久的時間啦？

曾經那麼年輕、那麼光輝燦爛的我，如今也五十歲前後了耶～？這真是太悲催了。哥哥心裡苦，但哥不說而已。

老實說，大概到了開張第十年時，哥的時代就結束了。要說原因其實很多，一方面是鄰近的區域蓋了一間與車站相鄰的購物中心大樓；另一方面，哥「心目中理想的自己」，也就是成為一座最飛炫的時尚城市，跟中野這個地方的形象根本不合。結果名店撤走了，徒留沒人租的空店面不斷增加，這裡冷清到了谷底。

然後，一九八〇年，那家店出現了。

沒～錯，就是Mandarake，傳說中的漫畫二手書專賣店。

不知該說是它招來了同類，還是同類紛紛找上了它。才一晃眼的功夫，這一類的店家就開始大量增殖，把我這變成了「次文化的傳播據點」。想想青島幸男好像就是在這時當上東京都知事的。

坦白說，一開始我很排斥。畢竟開張之初有過和Julie那段輝煌的蜜月期，對我來說那是最「嗨」的人生巔峰啊。「次文化是什麼東東！開什麼玩笑！」哥哥我也曾這樣想過。本來一直「次文化、次文化」囉哩叭唆的，進入二〇〇〇年代後，又忽然改口叫我「御宅族的聖地」。「怎麼，現在又換阿宅了喔……」，當時哥真的無言了。

自此之後，就偶爾會有一些奇葩客人上門。

像是外國旅行者來到這裡，就會眼睛閃閃發光地一邊wow來yeah去的到處走逛，把這當成了觀光地。雖然我被這些人嚇了好大一跳，不過同時也很開心啦。如同當年宮田社長抬頭看著摩天樓，感嘆地說：「這實在太厲害了。」那樣，他們也會用同樣的語氣說著：「Amazing!」來讚美我。這陣子大家不是都在傳「銀座、西麻布、表參道，已經沒有秋葉原給力了」嗎？但不過是棟建築的我，卻囊括了秋葉原的一切，都讓我最近開始覺得，哥根本已經完勝秋葉原了吧？

仔細想想，不管是好的還是壞的，我甚至可以說是體現了日本這個國家。沒在開玩笑，哥是認真的。從奧運舉辦前後的建築潮開始，人人一心效法美國，卻弄巧成拙。然後，在不斷輪迴的枯榮興衰之中，慢慢往意想不到的方向發展，回過神來，已經孕育出自有的獨特文化，今天大家老掛在嘴邊的「Cool Japan」就這麼誕生了。

現在，我覺得自己總算能夠挺起胸膛，對著真正的美國百老匯說：

「哥是日本的中野百老匯。是御宅族文化的聖地！」

我說完了，所以還有人有問題想問嗎？

蛤？我喜歡的藝人嗎？

當然是翔子醬[35]啊。

那還用說。

註31：乃木大將，即乃木希典（1849-1912），日本陸軍大將，多次參與日本內外戰爭。日治時期曾任第三任台灣總督。

註32：澤田研二（1948-），為日本著名歌手、演員、作曲家及填詞人，暱稱Julie。1967年出道後便立即走紅，是70到80年代的當紅巨星。

註33：米克傑格（Michael Phillip Jagger, 1943-），英國搖滾樂手，滾石樂團（The Rolling Stones）創始成員之一。

註34：青島幸男（1932-2006），日本一位藝人出身的政治人物，曾任日本參議院議員及東京都知事（類似市長）。

註35：翔子醬（しょこたん），即中川翔子（1985-）。橫跨主持人、演員、歌手、聲優、插畫家和漫畫家及作家等多領域的日本多棲女藝人，亦是知名部落客，熟悉動漫及御宅文化。

小生與桃子

杉並區

小生仍記憶猶新，這裡漸有眾多文人雅士喬遷而來，約莫是在關東大地震後的大正末期至昭和初期（一九二〇至三〇年代）。當時文學青年相繼移住東京郊外，遷居風潮方興未艾，這一帶因而得稱「阿佐谷文士村」。有明星作家之稱的橫光利一、與謝野鐵幹及與謝野晶子伉儷，以及跨足漫談（類似單口相聲）、寫作、影視界的多棲藝人德川夢聲等文藝之士，皆多數入居此地。

小說家井伏鱒二曾執筆寫下這麼一句：「三流作家逐漸遷居至新宿郊外的中央線沿線地區，左翼作家多移往世谷田地區，暢銷作家則是選擇了大森地區」。而鱒二本人也在昭和二年（一九二七年），搬至此區內中央線所行經的荻窪，一住便是六十餘年。一時仰慕井伏鱒二的年輕人們紛至沓來，連那位家喻戶曉的文人太宰治，也經常與鱒二在善福寺川邊垂釣。

昭和十四年（一九三九年）前後，一位惹人憐愛的女子造訪了井伏鱒二府上，乃是由於友人讓出了位在荻窪的居所而遷入此地，特地前來問候街坊鄰居。此女身穿高雅的洋裝且儀容整潔，然而在當時未婚女性能獨自擁有一棟住房，仍屬相當罕見。

轉眼間，我便對這名女子產生了戀慕之情。她行事認真勤勉、對工作胸懷志向，且總是優先為他人著想，尤其為了孩子們更是毫無保留地奉獻自我。爾後，這位女性也將贈與此地一份無比珍貴的寶物。

明治四十年（一九〇七年），她誕生於埼玉縣浦和的石井家，是六名兄弟姐妹中的老么，其名喚作桃子。十七歲進入位於東京目白的日本女子大學就讀，同時在地處該所大學校舍後方的菊池寬住處兼職打工，負責閱覽外文的雜誌、文學書籍並彙整其內容。畢業後，除了於文藝春秋出版社擔任編輯一職，也在菊池老師的引薦之下獲得了一份略顯奇特的工作——即至當時的首相·犬養毅府邸進行書庫的整理。

某年聖誕夜於犬養府上，一位名為西園寺公一自英國歸來的男子，贈送了一本書給犬養家的孫子們。由於此書以英文撰寫而成，孩子們無法自行閱讀，便由恰好也在場的桃子代為翻閱。

封面印著“The House At Pooh Corner” by A.A.Milne的文字。桃子於是將此譯作「噗噗巷之家」，開始了即興翻譯。

她在犬養府內的暖爐旁彎身而坐，面對著眼神閃耀著光芒與期待的孩子們，緩緩地往下翻開書頁。人們無從得知接下來的劇情發展，抑或是這本書的來頭。對於這未知的故事，在場的眾人皆難掩心中的興奮之情。心無旁騖地逐句將英文譯成日文的桃子，據聞在此時體會到了今生僅此一次的奇妙感受。肯定就在此片刻，桃子與自身的命運相遇了。

於是數年後，桃子移居至荻窪。她翻譯並出版了當年那本書的第一部作品《噗噗熊維尼》（又譯作《小熊維尼》），對於兒童讀物抱持的熱情也益發熾烈。在獲得犬養一家提供府邸的書庫供使用之下，桃子便開設了名為「白林少年館」的兒童圖書館。然而時值二次大戰，戰局愈演愈烈，圖書館在開放後僅三年就被迫關閉。而後移居宮城縣的她再次重返東京之時，已是戰爭結束數載的昭和二十五年（一九五〇年）。至此桃子才又再度回到位於荻窪的住居生活。

四十七歲的桃子在赴美留學與歐洲旅行之際，視察了多間歐美的兒童圖書館，並於昭和三十三年（一九五八年）決心開放自身位於荻窪的棲所，成立「桂文庫」。那是公共圖書館數量依然稀少，民眾無法輕易與大量書本有所接觸的時代。為此，桃子於是自行創造了一個能讓孩子們盡情閱讀書籍的空間。

桃子在荻窪的日子過得格外充實。晨起先帶可麗牧羊犬（Collie）的杜克出門散步，於七點享用早餐。上午便都在書齋裡埋首於工作，待晌午用畢午膳後小睡片刻則是每日的例行事項。時至黃昏時分，又會再次帶杜克出外散心。

早晨的散步時光雖然寧靜，傍晚的散步卻是熱鬧不已。因為每到此刻，跟隨在桃子身後的孩子總是絡繹不絕。當時此處仍有許多廣闊的草地，孩子們便會在草地上和杜克一同追逐嬉戲。

週末一到，孩子們就會氣喘吁吁地跑著造訪「桂文庫」。有的看書看得入迷、有的則會要求「文庫」的大姐姐為他們朗讀、還有些會在庭院裡抓蟲玩耍。

每當小生看到孩子們跟桃子飼養的貓．阿絹，一同躺臥在陽光灑落的地板上，專注地徜徉在書本的世界中，一股難以言喻的暖意總會湧上心頭。「這裡是個多麼美好的街區啊！」，令人都不禁自賣自誇一番。

書上印著「翻譯．石井桃子」的兒童讀物，其數量不勝枚舉。《小房子》（The Little House）、《彼得兔》（Peter Rabbit）系列、《麥子和國王》（The Little Bookroom）和《中國五兄弟》（The five Chinese brothers），皆是出自桃子之手的翻譯作品。時光荏苒，當昔日時常駐足「桂文庫」的孩子們長大成人，便換由他們的後代繼續造訪「桂文庫」。

只要有孩子們在，那裡就會充滿著溫柔的氣息，令人感到無比溫馨。

也因此每逢「桂文庫」開放的週六，小生總是沉浸在幸福洋溢的情緒之中。

隼秀人與大都映畫

豐島區

吶，豐島區給人的印象呢，就是池袋車站、太陽城（Sunshine City）、校舍爬滿地錦的立教大學，加上雜司谷靈園。都電荒川線的路面電車發出聲響喀噹喀噹地行走著，而有「阿嬤的原宿」之稱的巢鴨嘛，則是充斥著想要參拜刺拔地藏尊[36]和購買紅內褲[37]的婦人們。差不多就是這些吧。現在這樣看來，大概任誰也不會相信，這個街區裡曾經有間電影製片廠。

豐島區立朝日中學，就在距離明治通和白山通兩條道路交叉的十字路口不遠處。學校雖然在十年前廢校，不過校舍被原封不動地保留了下來，現在變成名叫「東巢鴨創造舍」的藝術空間。過去在這裡擁有六千八百坪占地的，正是電影製片廠——「大都映畫巢鴨攝影所」。

大都映畫？怎麼，沒聽過嗎？這也不能怪你們。大都映畫創立於昭和八年，也就是一九三三年，但九年後就因為政府實施戰爭時企業整合的政策，跟其他公司合併，名字被改成大日本映畫製作。這間公司呢，就是戰後的大映，現在又變成角川映畫，不過這當然都只是名義上的變更而已。多數見證過大都映畫全盛期的人早已不在人世，當時在這裡製作出的電影膠捲，至少有千部以上，可也全都化作泡影從世上消失了。

在日本，電影還被稱為「活動寫真」的那個時代，電影毫無疑問地穩坐娛樂界之王的寶座。日活、松竹等製片公司，每週都會推出新片上映，製片現場忙得是七葷八素。至於大都映畫就更神了，效率之高，甚至可以每週推出兩部新作，也就是說一年可以製作出一百部以上的娛樂電影呢。

不過嘛，這些電影預算極低，被稱為B級電影。大都映畫製作的電影呢，雖然跟那些高格調的浪漫文藝片，或是能名留影史的鉅作都沾不上邊，可是劇情內容非常有趣，觀眾絡繹不絕。舉凡時代武俠劇、喜劇、冒險動作劇、通俗愛情劇樣樣都來，客人則多半屬於低階層的貧窮勞動者和女服務生。其他製片公司看一部電影要付五十錢，大都映畫卻只要三十錢，真是庶民的好朋友啊。

大都映畫之所以採取這種方針，很大的原因是來自創立者河合德三郎。德三郎是人稱「關東老大哥」的男子漢，他從挑夫當上建築工，又從一介門外漢踏入群雄割據的電影業界。雖然他精壯凶狠的外表令人生懼，但其實也是個會搞笑的男人。在電影製作上，他的宗旨就是「開心、廉價、快速」。當時世間一片火藥味濃烈，戰爭這種事呢，其實大家都不喜歡的。但做電影呢，就是要開心，所以製片場裡的氣氛，就像一家人團聚般和樂融融，大家埋頭苦幹地製作電影，彷彿只有這裡是另外一個世界。

四周圍起高牆的製片場中，眾星雲集，既有琴糸路和杉狂兒，又有大山出部子（大山デブ子）和大岡怪童這對超級雙人組。其中擁有超高人氣的動作男星，那就非隼秀人莫屬了。怎麼樣？這名字聽來就很英俊瀟灑吧？

吶，現在的電影幾乎都是靠電腦動畫製作，哪有什麼緊張刺激感，但說起隼秀人，他可是在動作場面中完全不使用替身，全部親自上陣完成演出的。就是這點最厲害了啊！他靠著在馬戲團訓練出的卓越身體能力，一下從這棟大樓飛躍到另一棟，一下騎著重機在列車上展現華麗的大跳躍。無論大人小孩，都對他著迷不已。

隼秀人更厲害的，就是他可以在同一作品裡身兼主演跟導演。為數眾多的演出作品中，有四十八部便是他自導自演的作品，可以說是成龍的先驅呢。他也與河合德三郎視為掌上明珠的大都映畫女演員琴路美津子結為連理，此時不論事業家庭都到達了巔峰，可謂如夢一般的輝煌時代。

然而，戰爭越演越烈，日本的時局逐漸容不下娛樂電影了。製片公司遭到合併，沒有被編入新體制的他，找到另外一條全新的出路——滿州。他偕同妻子共赴滿州，在滿州電影坐上導演一職，卻在戰後失去了妻子，苟延殘喘地好不容易才回到日本。昭和二十三年（一九四八年），隼秀人進入松竹製片公司，重返日本電影界，但這個年代卻早已不流行他的動作電影。數年後，他悄悄退出影壇，遷居山口縣下關市，據說在那邊成了下關松竹的劇場負責人。

那些被譏諷為粗製濫造的大都映畫電影膠捲，目前還留在世上的，用兩隻手的指頭就能輕易數出來，其餘大部分都在戰爭中被燒毀。所以那段電影繁華史啊，實在是沒留下多少，不過這也稱得上是一種瀟灑嘛。反正那些電影在當時，就已經足夠讓觀眾們盡興了。它們沒有辜負娛樂大眾的使命，就算是河合德三郎應該也心滿意足了吧。要說最可惜的呢，還是那些隼秀人大展精湛身手的動作電影，只有一部得以保留至今。

話說回來，風靡一世的巨星，最後竟成了鄉下電影院的負責人，很難不教人鼻酸哪。許多棲身電影業界的人都是如此，一到了拍電影以外的其他領域，就很難好好自我發揮了。

隼秀人雖然擁有出色的身體能力，但他個頭嬌小，身高只有一百六十公分。光是想像他將西裝套在那嬌小的身軀上，擺出負責人的態度畢恭畢敬地站在劇場大廳裡，心裡就是禁不住一陣難受。

不過呢，曾有風聲，帶來了這麼一段傳聞。

在一個晴朗的日子裡，隼秀人騎著重機四處兜風時，遇到一群年輕的美國大兵在河邊喧鬧。仔細一瞧，美國大兵似乎在比看看誰能騎著重機，飛越寬十幾公尺的河面。不知道純粹是為了好玩，還是打了賭，這些年輕人個個一臉認真，幾個挑戰失敗的人紛紛摔落對岸，搞得渾身是泥，彼此之間於是大聲喧嘩嘲笑著。

對著在一旁觀看的隼秀人，不知怎地，一個美國大兵突然對他說道：

「Hey, jump!」

「你要不也來試試看哪？」

那些人當然不知道，這個男人正是昔日的動作巨星隼秀人。當他發現自己正被對方給嘲弄的時候，他便默默地點了頭，跨上重機。於是油門一催，才短短一個助跑，車身就輕盈地飛向空中，高超的技術令人屏息。車身畫出了美麗的弧形，這一完美的跳躍之下好似連時間都靜止了。

那是個寂靜無聲，一個彷彿成為永遠的瞬間。

美國大兵們個個瞠目結舌。

據說，那個男人在河川對岸漂亮地著陸後，便頭也不回地如風般揚塵而去。

註36：刺拔地藏尊（とげぬき地藏尊），供奉於巣鴨的高台寺，據說對於治癒疾病非常靈驗。

註37：紅內褲，指巣鴨地藏通商店街內販售女性貼身衣物及各種紅色系商品的店家「巣鴨マルジ赤パンツ館」，寫著「日本第一紅內褲」的大紅色招牌非常顯眼。

生錯了地方

北區

論及北區，在大白天也能喝得到美酒的赤羽，現在似乎已是一個有名的私房景點。確實，車站東口還留有昭和時期雜亂無章的氛圍，四處可見裝潢獨特的小酒館。喝上一杯，坐在倒置的塑膠啤酒箱上；喝上一杯，站在沒有座位的店家裡；在這一帶，你可以一間接一間，一杯接一杯，無止盡地不斷暢飲。這裡是北區，一個自江戶以來便不改本色的酒徒之街。

從赤羽出發，隔兩站的王子車站一帶，有一座飛鳥山公園。江戶幕府第八代將軍德川吉宗，在享保改革[38]時親自將此地指定為賞櫻名勝，是為一歷史悠久的休閒娛樂去處。本來在賞花景點的扮裝遊行或酒宴，都是被禁止的，但唯有飛鳥山公園，允許人們可以在此毫無顧忌地盡情遊樂。我以為，嗜酒的習性，或許就是以這一帶為濫觴。

五月，櫻花落盡，輪到玫瑰盛開的季節。專程自遠方而來的人們，不約而同地朝著某個場所前進。接連不斷的人群，皆受到這座有白牆圍繞的庭園吸引。

舊古河庭園，如今已屬國有財產，同時被指定為國家名勝，原先是明治時期人稱「剃刀大臣」的政治家陸奥宗光[39]的府邸所在之處。由於其次男潤吉，被古河財閥的創立者古河市兵衛收為養子，因而此地的所有權，後來轉至古河家族名下。一九一七年（大正六年），財閥的第三代繼承人，被譽為絕世美男的古河虎之助，在這塊土地上建起了宅邸，即如今位於北區的這棟磚造洋房。

這一帶的地形有些特殊；活用了武藏野台地特有的傾斜地形，在這片廣大占地中依然保持著原有的樣貌。低地被設計成回遊式的日本庭園，可供人繞著偌大的池畔遊覽，斜坡上則設計成種滿各式玫瑰的西洋風庭園。至於略為隆起的山丘上，佇立著一棟擁有石造外牆與山間小屋風格的石板瓦屋頂的洋房，這般景色，足以令造訪此地的人不禁懷疑自己是否置身於英國。簡單地說，就是一座大大顛覆了北區形象，極度體現何謂典雅脫俗的優美庭園。

說起設計這座宅院的英國建築家喬賽亞・康德（Josiah Conder），想必對許多人來說並不陌生。畢竟，現今東京各處仍留存的西式洋館，幾乎皆出自此人之手。日比谷的鹿鳴館、御茶水的尼古拉堂、位於不忍池附近的舊岩崎邸庭園、三田的綱町三井俱樂部，以及如今作為清泉女子大學校舍之用的舊島津公爵邸的洋館，全都是由康德所設計。從三菱一號館開始，興建了多棟紅磚牆的辦公大樓，讓丸之內化身「倫敦街」的人，也是康德。不僅如此，東京車站的設計者辰野金吾，以及打造出日本國寶建築「赤坂迎賓館」的片山東熊，這些日本的「近代建築之父」們，皆是康德的門下弟子。

原先任職於倫敦的建築事務所，還曾在比賽中獲獎，前途一片光明的康德，在二十四歲時以外國雇員的身分來到日本。當時，日本進入明治之世才不過十年左右，正值朝近代國家邁進的黎明時期。

「希望你能在日本教授建築學，並打造出不輸歐美列強的洋風建築。」

對於日本政府提出的要求，年輕氣盛的康德爽快的允諾了。當時康德深深地著迷於和風事物，能夠前往日本這件事對他而言具有莫大的魅力。

在絕大多數迎來任期屆滿的外國雇員紛紛歸國之際，康德對日本的熱愛有增無減。他一邊在工部大學校造家學科（即現今的東京大學工學部建築學科）任教，一邊著手政府委託的洋館設計，忙得不可開交。即使如此，他還是騰出餘暇，進入河鍋曉齋[40]門下學習日本畫，並取英國人的「英」字，被授予了雅號「曉英」。除此之外，康德也學習日本舞，可見他對日本文化的熱愛的確不同凡響。

來日七年後，康德的學生辰野金吾就任教授，他身為外國雇員的任務也至此告終。然而這之後康德仍選擇滯留日本並開設建築事務所，四十歲時，娶了一名日本女性為妻。

來日之後，人生絕大部分的時間都在日本度過的康德，在卸下教職之際，曾經返回故鄉英國一次。對著闊別十年的倫敦街頭，據說康德當時感到相當落寞。這座城市裡，已無他熟悉的友人，英國流行的建築樣式，也從沉穩厚重的維多利亞風歌德式建築，轉為優美陰柔的安妮皇后（Queen Anne）風格。康德恍若站在一片異國土地上。明明是出生長大的故鄉，自己卻與此處格格不入。聽說就是這趟歸國之旅，讓康德下定決心定居日本。

舊古河庭園，北區最美的場所之一。

這裡是康德最晚年的代表作。他在此打造出了比之前任何一件作品，都更增添英國風味的景色。春和秋季來臨時，英格蘭的國花玫瑰就會一齊盛開；當雨水浸濕了石砌的外牆，牆面便會染上一層難以言喻的深沉灰色。石板瓦的三角屋頂，令人遙想起英國美麗的丘陵地帶——科茲窩地區（Cotswolds）。

英國與日本。

康德活在兩個國家、兩種文化之間。

一個是祖國，一個是未知國度的日本。

然而，或許是因為在日本久居的緣故，因此漸漸地對英國有了某種程度的憧憬與思念之情。舊古河庭園，可以說是比英國還要英國，就像是從幻想中的英國憑空搬出來的。說不定，這是一個生錯了地方的男人，將他心目中所描繪的祖國化為現實而打造的場所。

一九二〇年（大正九年），康德結束了他六十七年的人生，如今仍與妻子一同長眠於護國寺。

註38：享保改革，由江戶幕府第八代將軍德川吉宗主導的幕政改革，在位期間（1716-1745）年號享保，因而得稱。此改革緩和了財政危機，強化幕府統治，為江戶時代三大改革之一。

註39：陸奧宗光（1844-1897），日本明治時期的政治家兼外交官。由於日文中會用「切れ者」形容做事俐落、反應很快的人，而「切れる」作為動詞也具有切除、切斷之意，因而稱其為「剃刀大臣（カミソリ大臣）」來比喻他行事作風俐落、應變能力強，正如剃刀一般鋒利。

註40：河鍋曉齋（1831-1889），活躍於幕末至明治初期，是日本具代表性的浮世繪、日本畫畫師。強而有力的筆觸及出色的寫生能力，在日本國內外皆受到好評。自稱「畫鬼」。

氾濫河川

荒川區

有件事我老是被大家誤會。這裡荒川區……其實根本沒有荒川流過!!

每次為了這個都要一而再再而三的說明，小妹我真的只想翻白眼。唉，但肩負著「荒川區」之名的宿命，就是不得不向各位談一談有關荒川的種種。所以既然都說到這裡了，還是讓親切的我娓娓道來吧。

現在從我身旁流過的，並不是荒川，而是隅田川——沒錯，就是每年的煙火祭典都很有名的那條。隅田川本就寬幅狹窄，身形細瘦，並且以非常耐人尋味的彎曲河道扭著流入東京灣。

一般來說，河川都是由高處流向低處，但我這附近因為是一片低窪地，所以無辜的隅田川也搞不清楚該往哪裡流才好，彎來彎去，磨磨蹭蹭的，在那邊優柔寡斷。它在南千住一帶，畫出一個「く」字形的急轉彎，接著又慢悠悠地掠過淺草、兩國等下町老街，最後一頭撞上月島，回過神來發現原來已經抵達大海。

過去，人們將這條隅田川稱為荒川。

因為有荒川流經，所以稱為荒川區——就怕你們不知道，這正是小妹名字的由來。而荒川本身則是因為它異常狂暴，經常氾濫，才會得到「荒川[41]」這個名字。過去荒川只要一有颱風，河水立刻暴漲，可怕的氾濫就這麼不知道輪迴了多少次。大雨一下，要不了多久就會引發洪水，把江戶的市街變成一片水鄉澤國，看是要沖走房舍，還是毀壞農作物，無惡不作。有時甚至會導致數人死亡或失蹤，事態十分嚴重。

明治四十三年（一九一〇年）的夏天，連日豪雨加上颱風來襲，流經東京的河川集體氾濫，造成嚴重的水患，死亡和失蹤人口共計高達八百人以上。為了解決這種首都逢雨必淹的窘況，此時提出的計畫便是著手興建荒川疏洪道。

疏洪道，說白了就是人工河川。為容易氾濫的河川主流開闢另一河道，讓多出來的水有處可去。所以現在人們所說的荒川，這下懂了吧？沒錯，正是這條荒川疏洪道。換句話說，今日的荒川是人為打造的。

如今荒川的河濱地不僅有公園和運動場，還能供人垂釣、慢跑，成了一個優閒的遊憩場所。但這裡原本有房舍、有農田，存在著許多平凡無奇的村莊。沿著荒川的護岸，過去村莊比肩而鄰。雖然現在這樣根本很難想像就是了。

昔日那裡本是南葛飾郡的大木村、平井村、船堀村三個村莊的所在地。雖說是為了治理水患，對當地居民來說卻得被迫遷離故鄉，心裡自然很不是滋味。這是一個耗資三千兩百萬日圓（這可是當時的金額！）、前所未聞的國家建設計畫。政府按部就班地徵收用地，一千三百戶居民也只能乖乖搬遷。

從用地遷出的不只民家、農田，還包括了神社跟寺廟。其中的淨光寺還是和德川家康有所淵源的名勝古剎。三個村莊遭到廢村，然後連寺廟也遷走了，這是一項史無前例的治水工程，一切都是為了開鑿一條全長達二十二公里的人工河川所作的準備。

接著來講解一下人工開鑿河川的步驟。咳嗯，首先必須將被稱為「高灘地」的河灘部分大致開鑿出來。那個時代勉強還有礦車、蒸氣挖土機可以用，但大型的建設用機械可就不存在了，因此基本上都是靠人力挖掘。男丁們喊著「唷伊咻、唷伊咻」地賣力掘土，再用礦車將土運走，就這樣不停掘了又搬，搬了又掘。完成這項工程後，再著手挖掘低水路，也就是河水流過的河川部分，最後設置好橋梁和水門就算大功告成。說起來容易，但現實總是殘酷的。關東大地震說來就來，導致好不容易造好的堤防一下龜裂，一下塌陷，簡直是無妄之災。但在如此嚴重的摧殘之下，卻只有岩淵水門毫髮無傷，設計人的青山士果真很了不起。

青山是負責指揮荒川疏洪道建設工程這項不可能任務的男人。他也是唯一參與過巴拿馬運河建設工程的日本人技師。

由小妹我來說這種話好像有點奇怪，不過青山，還真是個有為有守的好男人。日軍在太平洋戰爭計畫攻擊巴拿馬運河之際，曾因此要求青山提供情報，卻被一口回絕。當時他的回答實在太經典了。

「我只知道如何建造，不知道破壞的方法。」

據說他態度堅定地就說了這麼一句話而已。

拜託，要知道在那個時代敢違抗日本海軍的人，可沒那麼好找耶。

興建岩淵水門的時候，青山也同樣發揮了他貫徹原則的精神。岩淵水門是將現在的隅田川和荒川加以分隔的水門，可說是荒川疏洪道的一大關鍵。但這一帶由於土質鬆軟，所以岩淵水門的建設，號稱是整個疏洪道工程中最困難的部分。青山在建造這座水門時，從河床向下又加埋了六道二十公尺深的鋼筋水泥護板。就算受人質疑：「有必要做到這種地步嗎？」他也絕不妥協。對青山而言，「能造福後世的土木工程」是他的夢想，是身為男人的浪漫，更是人生的使命。

土木工程這種東西並非一朝一夕就能完成，是一項相當磨耗身心的工作。建造者必須為了一個幾十年後的未來願景，謹慎踏實地進行作業。在長年的努力之下才誕生出來的結晶，在完成後卻會不知不覺地與街景同化，成為理所當然的景色。沒有人會特地表達感謝，甚至有可能逐漸被人們遺忘。難道不是這樣嗎？看看現在，幾乎沒有人記得荒川疏洪道的開鑿工程，而會想知道為什麼荒川區沒有荒川流經的好奇寶寶，又有幾個呢？

不過啊，如果有人真的對這件事感興趣，想要親自觸碰這昔日一大工程的悠遠記憶，建議可以在岩淵水門旁的紀念碑前停下腳步。紀念碑上雖然沒有青山士的名字，但他對這項工程所投注的情感——為了後世家園的安寧與和平，奮鬥了將近二十年的紀錄——都靜靜地銘刻在這塊碑上。

於此工程完成之際

謹此紀念我等同志

所付出之莫大犧牲與勞役

註41：日文中動詞「荒れる」有暴動、不安分、紛鬧等意思，因此荒川便是指不受控制，時常引起災情的河川。

邀請各位來
認識團地
板橋區

各位先生太太帥哥辣妹照過來！我是高島平團地，今天就是為了向各位宣傳團地[42]的美好，大老遠特地從板橋區趕來的。這若是在過去，根本不需要做什麼宣傳，不論男女老少都搶著住進團地，但曾幾何時團地在大家心中早就退流行了。你們可知道這有多麼教人難以相信！我告訴各位，團地以前可是走在時代最尖端的領袖，讓平民百姓都憧憬不已的代表喔。

高島平團地開放入居的時間，是在昭和四十七年（一九七二年）一月二十三日。這裡來往都心的交通非常方便，所以申請入住者如排山倒海而來，據說抽籤抽中的機率只有二十一分之一。你們知道這代表什麼嗎？也就是比進一般的大學和公司的錄取率還、要、低！怎麼樣？是不是能理解當時團地到底有多受歡迎了？

等等，這種程度就嚇到的話，還嫌太早了噢。從開放入住的那天起，大批大批的搬家潮不斷湧現，光是一年就有兩萬九千人住進這個團地。哇哩咧，你們看看，兩萬九千人耶，真是不得了！其實啊，據說當初本來計畫是以五層樓左右，大約能容納五千戶的中層建築為主，但住宅供不應求的問題越來越嚴重，才一口氣將戶數增加到原來的兩倍。土地就這麼大，如果要蓋出比原本多一倍的戶數，各位會怎麼做？沒錯，很簡單——往上加蓋不就得了！

於是高島平這裡，就成了以十四層樓為主的高樓團地。那邊的先生你說什麼？現在十四層樓哪裡算高？我說啊先生，別忘了不久前這裡還只是一片水田地帶呢。那陣子也不過只有在一年前的昭和四十六年誕生的高挑小帥哥京王廣場大飯店，有傲人的地上四十七層樓高，其他超過十層樓的建築物，在當時還是很稀有的。

看到新奇的東西，年輕人就會一窩蜂地擁上去，這道理不管在哪個時代都沒變過。所以當初高島平團地入住者的平均年齡，不是五十二，而是只有二十五歲！那個時代啊，就算結了婚，理所當然地都會繼續跟父母同住。但是住進團地的話，新婚夫妻就能享受你儂我儂的小倆口生活，就像一座甜蜜城堡。很快地太太們的肚子都大了起來，小小孩也越來越多，在戶外兒童遊樂區來場追趕跑跳碰。

這段時期日本正好迎來了所謂的第二次嬰兒潮，而拉高整體生育率的，還不都是多虧了我高島平團地？我心裡暗自是這麼想的啦，在場的各位還請記得幫忙保密一下。

沒有比團地裡充滿了小孩的那段時光更熱鬧的了。為了這些小不點們，托兒所跟小學也是不停增加。這個全新的街區，完全是靠著居民的數量活絡起來的。你們說，這是不是很符合所謂的團塊世代[43]？精力充沛而充滿力量的他們，懷抱著遠大的希望與夢想來到這裡。因應著這些人的需求，這裡的超市、學校、醫院等生活必需的設施變得一應俱全。團地本身形成了一個完全獨立的街區……嗯～不如說是社會？不對，是獨立的世界才對。各位沒聽錯，高島平在板橋區的一隅，劃出了自己的世界。一個人的生活大小事，幾乎都能在這個團地世界獲得滿足。很像科幻電影的情節吧？這裡就連外觀看起來，也還挺超現實的。

有趣的是，在一群極端無機質的建築物之間，卻有著大量的有機質在這裡蓬勃發展。新婚夫妻生下的寶貝們一暝大一寸，轉眼上了小學、進了中學、成了高中生，然後絕大部分都會在長大成人後迫不及待地離開團地，各奔前程。他們離開了生長的故鄉，展開各自的人生。這是一件非常值得高興的事，但同時也讓我有些依依不捨。

不過曾經號稱東洋第一的巨型團地，面對催人老的無情歲月也是百般無奈啊。就像當初那些小朋友，現在都是年過四十的叔叔阿姨了，曾經青春洋溢的第一代入住者，今天也全是上了年紀的阿公阿婆。團地的老朽化與居民的高齡化，真的令人傷透腦筋。落成當初，一切都是那麼嶄新耀眼，反觀現在，不用你們提醒，除了有些古早味的「昭和氣息」還真沒別的。我還沒遲鈍到看不出來這裡早就落伍了。現在新聞天天都在報的什麼人口減少、空屋問題這些，用樂透來比喻的話這裡根本全都中頭獎。在事事講求破壞與創造、拆除與重建的日本，我這老舊的高島平團地，又該何去何從？

各位評評理，明明任何事物都會老朽，憑什麼我還得這樣提心吊膽的啊？都心的那個什麼新城，管它是幾本木，總有一天也會被說是散發著

「平成氣息」的好嗎！聽我一句勸啦，你們噢，老是這樣一味追求新的事物，遲早會栽觔斗的。

然而天無絕人之路，最近總算讓我看見一線曙光了。語不驚人死不休，那就是「舊屋再生」！多棒的四個字啊～透過年輕有品味的設計師發揮他們的巧思，唉呀好神奇！這裡的許多間房就如脫胎換骨般煥然一新。果然團地不管在何時何地都會是年輕人的最愛啦。

曾經立於潮流尖端的團地，如今仍是魅力依舊，不減當年的風采。各位，很重要所以我再說一遍，關鍵字就是寬廣、便宜、舒適！具備這三大條件的高島平團地，隨時歡迎你們來參觀。事不遲疑，還不快整理行囊，就趁這個周末來一趟如何？

註42：團地，一種社區型的集合住宅，通常以數棟大樓為一個單位，且外觀相似、排列整齊。

註43：團塊世代，語源出自堺屋太一的小說《團塊的世代》。指日本於二戰後的第一次嬰兒潮（1947-1949）期間出生的人。這些人歷經戰後的經濟高度成長與泡沫經濟時代，生活相對富足，辛勤勞動且凝聚力強，支撐著日本的社會和經濟。

歡迎來到大泉沙龍

練馬區

在眼前盡是一面高麗菜田的恬靜場所，有一棟兩戶相連的日式矮公寓。在練馬這裡長大的少女走在前頭；剛從鄉下出來的兩個女孩，則是各自抱著一堆行李，踩著小碎步緊跟在後面。

「妳們看，就是這裡了。這間公寓，如何？」練馬的女孩問。

來自鄉下的兩人面面相覷，一邊歪頭思考，露出些許困惑的神情。

「我覺得，還是再大一點的地方比較好。」

來自德島的女孩說著。

她是正在少女漫畫雜誌上連載作品的新人漫畫家，身上還有一點積蓄。因此，就算價格高了一點，她還是希望能住得再寬敞一點。

「欸唷，可是這裡還有二樓耶，已經夠寬敞了。既有廚房又有廁所，非常方便呢。而且妳們看，斜對面就是我老家。要是有什麼事我還可以立刻趕來，不是很完美嗎？」

練馬女孩堅持道。

「可是……」

另一個剛從福岡來到東京的少女喃喃說道。看樣子是對來自德島的女孩有所顧慮，再加上她似乎生性害羞，所以話說到一半就吞了回去。

就在三人遲遲無法得出結論的時候，德島女孩於是下定決心。

「也是，我也不想一個人住，那樣太寂寞了。既然可以一起住，那就決定選這裡吧。」

「真的嗎？真的沒關係嗎？」

福岡女孩顯得十分開心。

「嗯，就這樣吧。」

德島女孩以開朗的聲音說。

算起來，她們兩人的年紀，恰巧是同一學年。

「那就這麼定囉！」

對於她們兩人的決定，真正最感到高興的，其實是練馬女孩。

來自德島和福岡的女孩，將要住在自家跟前的這棟公寓，讓她感到無比興奮。

「我有預感，一定會發生好事！」

練馬女孩在胸前緊握雙手，臉上漾起了燦爛的笑容。

兩個女孩的共同生活就此展開。

「這裡活像是個女生版的『常磐莊』呢。」

經常來公寓作客的練馬女孩，雙眼閃閃發亮地這麼說著。常磐莊是一棟位在豐島區的木造公寓。仰慕「漫畫之神」手塚治虫的年輕漫畫家們，曾經眾星雲集聚集於此，一邊共同生活，一邊互相切磋畫技。

德島女孩和福岡女孩，都才剛踏上漫畫家之路。然而當時的少女漫畫，相較於少年漫畫地位非常低下。女孩子去看幼稚的戀愛漫畫就夠了。只要在背景畫滿星星和玫瑰，讓女主角跟迷人的王子結婚，從此過著幸福快樂的日子……女孩子不都愛看這種故事嗎？——當時人們是這麼想的。

「開什麼玩笑！什麼從此幸福快樂？是把人當笨蛋嗎！」

「就是說嘛，我們一定也能畫出各式各樣不同內容的作品。我已經受夠那些又甜又膩的戀愛漫畫了！」

兩個年輕女孩滿腹激昂，她們開始摸索自己真正想畫什麼樣的漫畫，以及如何才能讓那樣的漫畫在雜誌上連載。

「可是，妳畫的女主角一點活力都沒有耶。根本毫無魅力可言。」

練馬女孩經常來到公寓，然後對兩人所畫的漫畫，毫不客氣地提出意見。尤其對德島女孩所畫的漫畫，更是直截了當地說出一針見血的感想。

聽到對方直率的感想，德島女孩說道：

「女性角色真的很難發揮啊，要注意的地方太多了。如果畫出的角色不夠女性化，又會惹編輯不高興。」

「不然，用少年當主角如何？妳看，就像這張唱片……」

練馬女孩說著，拿起了一張躺在地板上的唱片。

「少年合唱團？」

在一旁聽著兩人對話的福岡女孩，歪著頭不解地問。

練馬女孩眼睛炯炯有神地說：

「我也好喜歡少年合唱團。看起來既純潔又美麗。他們就像是來自赫曼赫塞[44]或稻垣足穗[45]筆下的世界。我很想讀讀看描繪了這種世界觀的漫畫呢！」

她們下定決心，要在漫畫界裡掀起女孩革命。

試著有一番新的作為，甩開少女漫畫的老套公式——抱著這般強烈意志創作漫畫的兩人，漸漸開始收到來自全國各地的粉絲寄來的信。其中還有來自高中生充滿熱情的書信。甚至有人在信中附上履歷表。

「寫這封信的人，畫功很好耶。」

「那就請她來當助手吧！」

於是，她們向被選中的少女們，發出了一封信：

「歡迎您來大泉玩」

收到信的少女們從全國各地，一個個聚集至位於練馬區大泉的這棟兩戶相連的日式矮公寓來。

有人遠自北海道而來，有人來自宮城，還有人來自石川縣的金澤，或是來自神奈川。

這群女孩青春洋溢，擁有志同道合的夥伴，所向披靡。

不知不覺地，這裡增加了將近十名同好，這棟公寓真的變得宛如常磐莊一樣的地方。

她們互相協助作畫，一起討論如何才能把作品畫得更好。不知何時起，這裡被人稱做「大泉沙龍」。轉眼之間，當初聚集在此的女孩們，全都自立門戶，成了獨當一面的漫畫家。她們得到了「花之24年組[46]」的稱號。因為她們創作出的多部名作與傑作，使得少女漫畫有了巨大的轉變。再也沒有人會認為，少女漫畫就只有濃情蜜意的戀愛故事而已。

那些少女們，真的成功地在少女漫畫界裡掀起了革命的旋風。

在眼前盡是一面高麗菜田的恬靜場所，有一棟兩戶相連的日式矮公寓。在這裡，住進了來自德島的女孩竹宮惠子與來自福岡的女孩萩尾望都，而「花之24年組」在此地集結的日子，只有短短兩年。但那是一段極度充實濃密的時光，再長久的歲月也無法與之相提並論。

那棟公寓在好早以前就已拆除，如今此地的街景也徹底改頭換面，連當年公寓坐落的位置，都無從辨明。甚至是住在這個地方的人，也不知道曾經有過那麼一棟公寓存在，總覺得令人有些遺憾。這裡是日本動畫的發祥地，至今也依然有許多漫畫家居住於此，然而比起任何其他類似的社群，我最珍愛的場所永遠都是「大泉沙龍」。

一直以來我心中備感驕傲，曾有一群少女在這城鎮一隅，靜靜地揭開一場革命——

註44：赫曼．赫塞（Hermann Hesse，1877-1962），德國詩人兼小說家。作品多以市井小民生活為題材，表現對過去時代的留戀，也反映了同時期人們某些絕望的心情。

註45：稻垣足穗（1900-1977），日本小說家。發表多數充滿天馬行空、官能性愛以及宇宙天體為題材的小說。

註46：花之24年組，指一群於1970年代在日本少女漫畫界掀起一陣革命旋風的女性漫畫家。由於成員皆於昭和24年前後出生，因而得名。成員有青池保子、荻尾望都、竹宮惠子、大島弓子、木原敏江、山岸涼子、樹村みのり、ささやななえこ、山田ミネコ、增山法惠。

大黑湯是咱的寶湯

足立區

怎麼，有人在以東京二十三區為主題各寫一篇短文？提到足立區會想到啥？我那欸災。啥都想不到好嗎？要寫的話難道不會自己想喔？

嗄？這樣會很難辦？真拿你沒辦法……

有了，阿武、阿武。

就是那個北野武。

這人你總知道吧？

現在他堂堂是個出色的電影導演，還得到了「站上世界的北野武」的稱號。到現在偶爾也還能看到他在電視上裝瘋賣傻的，那個阿武啊。說到足立區，聽了別嚇一跳，就是阿武土生土長的地方。

……嗄？北野武在寫台東區的時候已經出現過了？

寫了他在淺草法國座當電梯小弟的那段故事？

北七喔！

到底是哪個蠢蛋給我出來面對！

這麼棒的哏，哪有人就這樣隨隨便便用掉的？

不像台東區能用的哏滿地都是，我這裡可是二十年，不對，三十年來，都只能靠阿武當賣點欸。這個題材該留給誰用，你嘛幫幫忙，用膝蓋想都知道好不好？就是有些人不懂得替後面的人想一想，才會搞成這樣。真是夠蠢！蠢到天邊了！

吼，這下要怎麼辦啦。

要咱介紹足立區，又不能講阿武的事……

這分明就是在刁難人嘛……

好吧，那就剩「妖怪煙囪」了，聽過不？隅田川沿岸曾經有個叫千住火力發電所的地方，立了好幾根巨大的煙囪，還會根據人們站的角度看到不同根數，有時看起來像一根，有時又像四根。加上煙囪不是時不時會吐出濃煙嗎？對當時的人來說那樣的龐然大物吐煙的樣子看起來就怪恐怖的，所以被取名為妖怪煙囪，故事結束～。實際上只是因為四根煙囪是以菱形排列的，所以一旦換了角度自然看到的根數就會變變變……嗄？不能這麼快破哏，不然篇幅不夠？吼～很難伺候欸你。

啊唷∫不然這樣啦！這裡還有金八啊，金八。

因為這個系列的電視劇在好幾年前就全劇終了，所以咱一時把它給忘了。《三年B班金八老師》，這總該聽過了吧？

這可是日本校園劇中屹立不搖的傳奇名作。劇中出現的櫻中學，就是以足立區立第二中學為舞台。雖然這間學校在二〇〇五年就廢校了，不過出現在片頭的荒川河濱、街頭的畫面，幾乎都是在足立區取景的。

好啦，當然教室中的場景，或許只是在某個攝影棚搭布幕拍攝的。但整齣電視劇不時散發出那種下町[47]老街的感覺，絕對就是足立區錯不了。

沒錯，就是「下町」了。

「下町」就是最能代表足立區的字眼。

這個詞的詳細定義，咱是不清楚啦，總之這裡就是充滿了下町的人情味。居民要是看到住附近的孩子一個人走在路上，就算是別人家的小孩，對他搭話或是喊聲「你回來啦∫」都是很稀鬆平常的事。除了很會關心人的溫柔歐巴桑，也有愛碎嘴又大聲公的歐吉桑會用雪亮的眼睛盯著來往的人群。要是天色暗了還有小朋友在街上溜達的話，就會負責訓斥他們一頓：「天黑了很危險！還不趕緊回家！」

下町的人就是這麼愛管閒事。對小孩來說或許比較像監視，可能會覺得憋屈，但換個角度想，也可以說是「受到這個地區的守護」吧。

另外，居民跑去經常光顧的咖啡店跟頭家閒話家常，也是司空見慣的風景。所以就算是阿公阿嬤也不會當英英美代子了。所謂閒聊其實也就是聊聊天氣，頂多聊到棒球之類的。這種感覺很不賴吧？有一間自己中意的小店，又有意氣相投的頭家跟店員。

還有還有，街上一間間古早味的和菓子店跟糰子店，也很有東京下町的感覺吧？如果滿街都是超商、超市，就太乏味啦。就是因為有這些小而美的老店，才讓街上得以溫情滿人間，彷彿這裡的住民就是一個密不可分的生命共同體。

或許是因為這樣，所以足立區有好多錢湯（大眾澡堂），到現在都還有很多客人上門呢。咱特別推薦其中被大家叫做「錢湯之王」的「大黑湯」，非常值得一看。你瞧瞧那重量感十足的日本宮殿式建築，還有正門上方，叫做「唐破風」的人字形屋簷延伸出的完美曲線，真夠威風的。進到裡頭，除了莊嚴不輸神社佛閣的木格狀天花板，浴場裡則能看到一整面水天一色的富士山壁畫！不管從哪個角度看，這裡都是一間無懈可擊的東京錢湯啊。

距離這裡有一小段路的巷子裡，還有一間叫做「寶湯」的錢湯，可以在那裡享受店家精心照料的庭園景色。泡完澡後，來一瓶透心涼的咖啡牛奶，一邊大口暢飲讓身體降溫，一邊欣賞在庭園池子裡優雅悠遊的鯉魚，這不是人間極樂是什麼！

不過啊，聽說只有東京的錢湯，才會花這麼多精力照顧庭園。有人說這是某個來自新潟縣的人為了想到大城市工作而來到東京，開始做起錢湯這門生意後，把老家新潟盛產的鯉魚用來當做庭園的點綴。或許也是想取「客人來唷來唷[48]」的諧音藉此討個好彩頭也說不定。

事實上好像很多錢湯的頭家都是離鄉背井，從福井縣、石川縣、富山縣、新潟縣等北陸地方來東京打拼。從以前，大家就常說北陸的人生性吃苦耐勞，再加上錢湯可是做現金生意的。這種生意什麼不重要，最講求的就是信用，怎麼可能雇用那些來歷不明的傢伙來這當員工。所以頭家們多半會找自己故鄉的親戚們來幫忙經營，等這些人做到掌櫃後又可以出去自立門戶……自然而然地這個圈子北陸的人就愈來愈多啦。

以前的錢湯一天到晚都是人滿為患，但最近不但人少，店面也已經逐漸從東京消失了。像現在這樣流行一個人在家裡小不拉嘰的浴缸中泡澡，到底有什麼樂趣？咱實在搞不懂欸。

戰後，大約是昭和四十年代（一九二〇年代後半～三〇年代初），堪稱是錢湯的全盛時期。一天可以湧進將近八百名客人，那場面真的有夠震撼。蒸騰的水蒸氣加上喧鬧的人氣，錢湯永遠都是鬧哄哄的，熱氣不減。小孩也多得跟什麼似的，甚至有人還會把小貝比帶來，所以掌櫃有時還得拿出嬰兒床幫忙換尿布。啥？竟然隨便交給外人做這種事，聽起來很難以置信？覺得心驚驚嗎？

你嘛拜託幾咧，掌櫃當然不會用「這位客人，我們可以為您的寶寶更換尿布」這種禮貌的口氣，而是「啊～換尿布是吧，交給我來就行了，你快點進去暖暖身、流流汗吧」。既然每個人都像是同一個大家庭裡的家族成員，又有什麼好不放心的呢？

在裝潢如出一轍的店面裡，有著像機器人一樣鞠躬哈腰地對客人噓寒問暖的店員，那種樣子吼，咱看了就覺得渾身不對勁。你哪知道那些人背地裡都在想些什麼啊？還是像這個街區一樣直來直往、不分親疏的人際關係，要比那種冷冰冰的假仙接待好上一百倍啦。

關於足立區，反正阿武的事又不給講，所以除了居民的性情之外，好像就沒有什麼其他特別值得一提的了。不過這些事比起介紹東京的代表性景點啦，還是歷史悠久的遺跡之類的，不是更有魅力、也更有價值嗎？

我拍胸脯保證，這裡真的是個好所在。畢竟那個北野武的故鄉，是在這裡不是台東區啦。

註47：下町，即類似台灣的老街，江戶時期多為工商匠人聚集之處，保有古早風情且充滿人情味。

註48：日文中的鯉魚（コイ）和來（来い）發音皆為ko-i，取諧音表示希望鯉魚能招來更多客人。

虛構的男人

葛飾區

談到葛飾，這裡似乎與瀟灑馬虎之人特別有緣。不論是柴又車站前流浪阿寅的銅像，或是龜有車站前烏龍警官阿兩[49]的銅像。

一個是以擺攤為生的浪跡天涯人，一個是代表國家公權力的巡邏警察，兩者雖呈強烈對比，卻又極為相似。長相呢，是見過一面就忘不了；說起話來，都是一番天花亂墜。他們莫名相像的奇特個性，絕不是一句「下町人特有的個性」可以解釋清楚，再加上兩人都是老大不小了，卻仍孑然一身。與其說這兩個單身漢沒有受到愛情的約束，不如說根本沒有東西能束縛他們，每次都像匹脫韁野馬把事情攪得一蹋糊塗。長久下來這般鬧得滿城風雨的混亂場面不斷上演，也可說是兩者的共通點。

不過，這兩個中年男人，雖然絕不是值得讚譽的對象，但他們都得到了金氏世界紀錄背書，成為「世界第一」的紀錄保持人[50]，而且還是能在車站前立下銅像的超級巨星。兩人絕非一般馬馬虎虎的中年男子，請稱他們為稀世的單身貴族。

其中阿寅甚至在江戶川旁有了一座自己的紀念館，地位更是高人一等。他可不是路邊一般的超級巨星，不為他冠上「宇宙無敵超級巨星」之名，就太沒天理了。

唉呀，你看看我，竟然忘了說一件重要的事——雖然就算不刻意提及，大家也應該都知道——這兩個人其實都是虛構的人物。一個是系列電影《男人真命苦》、一個是漫畫《烏龍派出所》裡的角色。他們不是什麼立下豐功偉業的大人物，只是娛樂作品中的主人翁而已，就這一點來看，或許會讓人覺得「他們憑什麼在車站前建銅像」，但要是這麼一說，我這話還怎麼接下去哪。不知該感到羞恥還是覺得好笑，事實上這兩位虛構人物，就是在背後支撐著小女子葛飾的強大力量。

昔日的葛飾，是指下總國葛飾郡一帶廣大區域的地名，北起茨城縣古河市，東至千葉船橋附近。今日東京還可見一處地名「葛西」，也應是受此影響，意指當時葛飾郡的西半邊。隨著國家情勢不斷改變，曾幾何時就由這一帶繼承了葛飾之名。對此，那時小女子雖然並沒有多想，但還是難掩些微的吃驚之情。

說起來這附近原本是個十分慢活悠哉的場所，地處東京的極東區域，一旦越過江戶川就能抵達千葉，實在稱不上特別繁華。至今自江戶時代起由幕府在此設置的渡舟仍持續營運中，人氣不減，同時也作為《矢切渡頭》一曲的舞台廣為人知。然而反過來也能說正是因為這個街區的開發落後，這種古早味的東西才有機會繼續存活。如果這裡人群熙來攘往、發展蓬勃的話，渡舟什麼的根本早就被撤掉改蓋大橋了，畢竟東京一直以來就是這樣走向繁榮的。也因此小女子身為東京一部分雖然多少感到有些羞愧，但回過神來才發現，這裡已是東京都內唯一還保有江戶初期渡頭的地方，是個非常珍貴的場所。

除了矢切渡頭之外，堀切菖蒲園也是江戶風情猶存之地，並數度出現在浮世繪中，作為觀光名勝歷史非常悠久。如同其名，每年一到六月，園中就會開滿嬌豔的菖蒲花，而在不同季節甚至也有像是梅花、紫藤、牡丹等許多不同種類的植物相互爭豔，但說到櫻花的話反而就沒那麼風光了。

因為這附近的人每到櫻花季，大半都會一股腦地擠往位於相反方向的水元公園賞櫻。

這麼一說，在阿寅首次亮相的系列電影《男人真命苦》第一部中，開場的台詞似乎也有提到類似的事。如果小女子的記憶是正確的話，開頭應如下：

櫻花盛開。
令人懷念的葛飾之櫻，
今年也盛開依舊。
每逢花開的季節，
必會憶起有關
故鄉之事。

想起在小時候和掛著鼻涕的同伴，
同在水元公園裡、
江戶川河堤上，或是
帝釋天寺院中任意胡鬧、為所欲為的往事。

於是阿寅在相隔二十年後回到闊別已久的故鄉葛飾柴又，一如往常地恣意妄為、為所欲為了一番。把妹妹阿櫻、叔叔、阿姨、阿博、滿男和章魚社長等人耍得團團轉還不夠，當一場註定沒有結果的戀情最後以失戀告終，他再次一聲不響地失去蹤影，重新踏上旅途。

距離阿寅就這樣不再從漫長的旅程中歸來，到明年將屆滿二十年，但我絲毫沒有感覺已過了這麼長的歲月。如今在江戶川的堤防上、帝釋天寺院的境內、抑或是在參拜大道上，在這葛飾的任何一處角落，我的眼前依然彷彿隨時都會閃過阿寅提著手提箱行走的景象。

這裡原本只是個不值一提的地方，卻因為阿寅，而使「葛飾柴又」成了日本家喻戶曉的地名，也吸引了許多人特地前來造訪。帝釋天寺院的名氣變得可與淺草寺相比擬，有寅屋[51]坐落的帝釋天參拜大道，也變得像仲見世通一般人潮絡繹不絕……說成這樣或有言過其實之嫌，我也問心有愧，但總而言之，此人恩情，只怕小女子是永遠還不清了。

註49：阿兩，即漫畫（亦有動畫）《烏龍派出所》的主角兩津勘吉。故事主要的舞台正是位於葛飾區龜有。

註50：以阿寅為主角的電影《男人真命苦》系列共計超過30部，被金氏世界紀錄認定為「史上最長由同一人主演的系列電影」；《烏龍派出所》則是以「在少年漫畫雜誌上史上最長的連載」獲得金氏世界紀錄，超過40年都不曾休載，至今仍持續更新記錄中。

註51：寅屋（とらや），原名「柴又屋」，後於《男人真命苦》系列電影中作為寅次郎（阿寅）的老家拍攝場景，改名為「寅屋」繼續營業。

日本印度化計畫

江戶川區

各位砰友，尼們好。遮裡是東京23區的最後一區——江戶川區。江戶川區是夾在荒川和舊江戶川中間的區。遮裡住著許多日本人，耶有很多很多印度人。街上到處科以看到印度料理店。打家喜歡印度料理嗎？窩非常喜歡。印度菜很好吃。窩當然也非常喜歡印度人。塔們開朗、樂觀又很風趣。塔們熱情到有時候會把人嚇依跳，但是哼有趣。而且，打部分住在江戶川區的印度人，頭腦都很聰明、都是菁英。

膽是威什麼，江戶川區哲裡毀住著遮麼多印度人呢？

＊＊＊

打家應該都知倒，印度人數學哼好，在IT業界表現哼棒。因偉印度就是發明數字「0」的裹家。用印度式算數的話，揪連很小的小嗨子都能一蝦子算出二位數的乘法。印度人很上進、哼努力，非常優秀。

嗨有，塔們的英文也很好。除了講印度話，英文耶很流利。雖然灰有口音，不過苟通上不會有影響。因偉英文是世界共通的淤言！縮以，印度人斐常適合在國際企業工作。仙在支撐著國際IT企業的，揪是印度人。

說到IT，各位砰友，嗨記得西元２０００年發生的打事嗎？就是當時搭家認為，進入西元２０００年的瞬間，圈世界的顛腦都會秀逗，音發大災難，也揪是千禧蟲危機。雖然仙在說起遮件事，毀覺得有點瘀蠢，災那個時候卻是一個嚴重的大溫題！擋時日本首相甚至掰訪印度，嗨仿寬了簽證的發放條件。仙在有很多印度人毀住在日本，耶是因為千禧蟲危機。

當然，搭多數來日本的印度人，都是嘻統工程師。塔們在都心的大手町、日本橋、茅場町等辦公室區賞班。乳國搭乘東京地下鐵東西線，從西葛西車站耶只要15分鐘揪能抵達，不需咬轉車！真的非常方扁。縮以漸漸地就有約來約多印度人來到遮裡了。據說仙在住在西葛西的居民，20個人中就有1個使印度人。

依前江戶川區生產的小松菜和牽牛花，耶很有名。因偉遮裡水資源豐富悠很乾淨，所以嗨能採到很多海藻呵蓮藕。蓮藕雖然生長在水哩面的泥土裡，水面上缺能開出非常美黎的蓮花。

「蓮出淤泥而不染」

——葛位聽過遮句話嗎？

蓮花不只跟佛教有淵源，耶是印度教中常見的花。

舉說蓮花開花的失候，會法出「啵」的聲音，江戶川區揪是充滿了遮種美妙的聲音。從昭和30年（1955年）開始，拱業區與住宅區約來約多，雖然田地因此邊少，想對地人口揪增加了。來了哼朵年紀大的人，但是耶有很多年輕家庭搬到遮裡來，所以小嗨子耶不少。當時塔們搭部分都住在公營住宅，因偉遮裡不會仙制入住者的國籍。仙在也嗨有許多印度人住在舊的公營住宅哩面。印度人扁多之吼，遮個地方揪變得熱鬧很多。

窩和港區、澀谷區逼起來，或許哼普通又妹有特色。不果有了印度人在遮建立社區，猜打開了遮個街區的未來，音出了屋限的可能性。新成哩的印度人學曉，哩面有好幾百個印度小嗨子在學喜。塔們每一個人都居有好奇心，很認真讀書。堪著塔們的眼神，窩揪會想起在高度經擠成長期的日本。

打都會中，踪使住著形形色色的人種。

窩很久藝前揪已經下定決心，邀和印度人依癢抱著開闊的心胸，以期待和樂哉其中的心來看歹變化。

那麼，災讓我們揮到一開始的溫題：

搭家覺得，江戶川區遮裡叨底為什麼輝有者麼多印度人呢？遮裡真正吸引塔們的是深麼呢？

＊＊＊

有一天，我看見荒川的河畔站著一個老人。他蓄著一大把白色的鬍子，眼看像極了一位長老。

我於是向他詢問：

「請問您在那裡做什麼？」

他回過頭來，對我露出和藹的笑容。

「窩正在灰想窩的故鄉。」

「故鄉是指？」

「印度。享這樣膾在堤防上眺望荒川，揪會讓窩香起眺望恆河的甘覺。」

我心想，原來如此。

經他這麼一說，我才意識到，這一帶有很多人會在河濱玩板球，這在印度是全民風行的運動。

原來是這樣啊。他們待在這裡，就像待在故鄉的大河河畔，能重溫如置身家鄉一般的安心感。

當我這麼想時，我莫名地感到十分驕傲。

甚至開始覺得，要是我就這樣化作日本的印度，或許也不錯，或者該說是為此還不禁有些期待與興奮。我立下了決心，從今以後要積極地接受改變。

因為，未來總是藏身在變化之中。

而變化正是東京的精髓所在。

特別收錄

一個好城市的條件

武藏野市

哼～？前面在說東京二十三區？那就與本人無關囉。你自己看嘛，我這邊電話號碼又不是〇三開頭的，而且我是武藏野「市」不是「區」啊。不過我對他們倒是沒什麼自卑感。應該說，我不要讓他們自卑就不錯了，畢竟現在年輕人可是都想住到武藏野市吉祥寺這裡來耶？聽說在「最想居住的城市排行榜」上，我已經獨佔榜首好多年了。為什麼？我的魅力在哪？這個問題，你問我，我還想問你咧。

這裡確實是很方便啦。無論是要去新宿還是澀谷，大概電車十五分鐘的車程就能到了。不過說真的根本沒有必要花車錢跑去那些地方，因為這裡要商店街有商店街，要百貨有百貨，想購物的話只怕你無法決定要去哪裡逛而已。街上的人是多了點，但只要移駕井之頭公園，就能遠離塵囂，沉浸在緩慢悠閒的時光裡。雖然有多種文化之間的刺激碰撞，卻不像都心有股肅殺之氣，而且還充分保留有能讓人放鬆身心的自然景觀。以人類居住的城市來說，這裡各種元素形成的絕妙平衡就是最大的魅力吧。

基本上，這個城市是昭和三十年代（一九六〇年前後），由一群了不起的人根據構想好的計畫縝密地建構而成的。除了各項設施都位在徒步可抵達的範圍之內，東西南北各區的商業設施也各有不同特色，藉此增加了人潮的流動性，也都是拜都市計畫所賜。但光靠這些就能成為一個獨具魅力的城市嗎？那倒不盡然。我想，一個城市單憑著死板的計畫就想贏得眾多年輕人的支持，也未免太小看人了。

要吸引年輕人前來，首先就要先有很吸睛的店家。比方說，會想帶別人一起來喝茶、喝酒或用餐的地方。一個無可取代，就像是這個城市的財產一樣的場所。我想吉祥寺正是因為擁有許多這樣的店，才被大家認定為是個「好地方」的。這麼看來，就某種意義上，打造出現今吉祥寺的就只有那麼一個男人。

打造吉祥寺的男人——野口伊織，第一次到這裡來的時候，還不過是個高中生而已。一九六〇年代初期，此地是一個遠不及現在的超級鄉下。而他的父親在這種地方開的普通咖啡廳，自然也是乏人問津。

年輕氣盛、當時是爵士樂迷的伊織，有一天於是不知天高地厚地向父親提出了建議。

「你知道澀谷那一帶，現在比起一般的咖啡廳，更流行爵士咖啡廳欸。我們也乾脆把這種只會賠錢的咖啡廳收掉，改開一間爵士咖啡廳怎麼樣？」

剛開始伊織的父親並沒有把不諳世事的小孩所說的話當一回事，但那個時候的社會氛圍正好開始走向由年輕人引領時下文化風潮。當時，還位在吉祥寺的武藏野美術大學也有許多學生愛聽爵士樂，對此他們多半都異口同聲地說「爵士咖啡廳？聽起來不錯啊」，表達了贊同。於是吉祥寺第一間爵士咖啡廳「FUNKY」就這麼誕生了。由年輕的伊織以音樂總監的身分參與咖啡廳的營運跟行銷，此時的他還只是個在慶應義塾高中唸書的學生。

大學畢業後，青年伊織正式投入這項事業，接二連三地成立新店家。他一生經手過的店家將近三十多間，包括至今仍在經營的咖啡酒吧餐廳

「SOMETIME」、蛋糕店「LEMON DROP」，以及位在井之頭公園入口的創意料理餐廳「金之猿」等等。要讓一家新開的餐飲店步上軌道絕非易事，就像一場承擔了巨大風險的賭注。然而他精準地掌握了時代的需求，以驚人的命中率將一間間店家導向成功。身為一名經營者，這樣的人只能稱之為天才了。

儘管如此，他一貫堅稱自己不是企業家。如今某些店家只要稍微打響名號，為了營利就會立刻大肆朝全國各地開起連鎖店，這種庸俗的商業手法伊織並不喜歡。

「我只是覺得，如果透過店家就能感動人心，那一定很棒。我想打造的就是這樣的店。」

哇，居然能輕描淡寫地脫口說出這樣的話欸。怎樣？這傢伙是不是帥翻了？

每當他開一間新潮的店家，馬上就會有其他店家爭相模仿。優質的店總是能引來人潮。當人潮聚集時，就會有看準了商機而來此開店的人。於是，中央線沿線上原本只是個鄉下的吉祥寺，不知不覺間充滿了魅力，從此這裡也比起「小鎮」，更適合被稱為一座「城市」。

然而，城市也是會不斷改變的。

原先的近鐵百貨變成了連鎖家電量販店「Yodobashi Camera」，雞肉串燒「伊勢屋」（Iseya）也重新經過一番改建。車站因為拓建變得美輪美奐，十年前的「LONLON」商城，也被至今隨處可見的「atré」車站大樓取代。而手工藝材料行「Yuzawaya」，則是遷進了名稱很古怪的百貨大樓「Kirarina」裡頭。

距離野口伊織過世至今已超過十多年，他若看到現在的吉祥寺，不知道會作何感想？每到六日這裡洶湧的人潮跟澀谷不相上下，許多人也轉向投身外資的連鎖咖啡店。店內多半播放著搖滾樂或日本流行音樂，爵士樂變得越來越難以立足。你問我野口伊織看到這些，會不會抱怨吉祥寺怎麼會變得如此無趣？

不，我覺得他不會。

他一定反而會設法去了解這個時代的潮流與需求，想著如何再次打造出各種最酷最炫的店家。

好的城市需要好的店家。這就是絕對條件。只要這些好店不消失——或者說，只要有心打造好店家的人依然存在——想必吉祥寺就能繼續坐穩「最想居住的城市排行榜」第一名的寶座。

特別收錄

東京的誕生

東京都

東京一直覺得很不可思議。

在奇形怪狀的長條島嶼中，自己這個既狹小，又一無是處的地方，什麼時候上演了七十二變，變成現在這樣？

如同要滿溢出來一般的人潮聚集此地，這些人不斷地改造著東京的面貌。名為首都高速公路的空中道路，穿梭在高樓大廈形成的峽谷之間；東京鐵塔、彩虹大橋、晴空塔，堪稱地標的建築物一個接一個出現。不久前還是住著兔子和狸貓的荒野，也在轉眼間就蓋起了房子，住宅漸漸地變得越來越密集。

這些事物於是不停地向外擴張。現在，關東平原一帶公寓和大廈櫛比鱗次，其間也鋪滿了鐵軌跟馬路，實在很難找到一絲絲的空隙。

東京覺得好奇怪，這到底是怎麼一回事？

因為不管怎麼想，這一切都太令人匪夷所思了。這裡一開始並不是會有人類來的地方。一片廣大的淺海把讓土地永遠都浸得濕答答的，又有好幾條不受控制的河川流過，三天兩頭動不動就氾濫，不停改變著這裡的地形。再加上四處分布著崎嶇不平的台地，真的是非常難以駕馭的地方。雖然不至於到寸草不生，但很肯定的是除非吃飽太閒，不然沒有人會想來這裡定居的。

東京還記得，那個男人來到這裡的那一天。

男人名叫家康，表面看上去只是個平凡的老人，在望著自己好不容易得來的這片領地時，卻絲毫沒露出沮喪的神色，反而氣定神閒地一步步領著家臣開疆闢土。轉眼之間人們開拓了濕地，人群也不斷聚集。一旦人口增加，地方自然就有了力量。

落後的江戶城變成了固若金湯的巨大城池，接著又鑿山填海，形成了一片城下町。這個被稱為江戶的地方，於是住進了超過百萬位人民。

簡直就像是在見證一場奇蹟。當時東京只覺得，人類這種生物真是厲害得嚇嚇叫。

但這一切都只不過是開端而已。

江戶從來沒有「建設完成」的一刻。

畢竟火災實在太多了。光是煙管裡被人們「咚咚」地敲入火盆的菸草灰燼如果飛到榻榻米上，沒準就是一場火災。用紙和木頭建起的房子，一旦著火就會一發不可收拾，大火又會隨著一棟棟相連而蓋的長屋不停蔓延。火警鐘「鏘鏘鏘」地響徹四面八方，天空被染成一片通紅，都已經是司空見慣的事了。

那一天是明曆三年，西元一六五七年的一月十八日。

在本鄉的本妙寺，有個人為了悼念早逝的女兒，在這裡焚燒振袖[52]和服。突然間吹起的一陣強風，把著了火的和服捲向空中，飛呀飛地朝著寺廟飄落，轉瞬之間火焰吞沒了建築物，本妙寺化成一片火海。

熊熊大火連續燒了兩天，幾乎把整個江戶都燒成了廢墟，甚至連江戶城的天守也難逃一劫。無以計數的人在這場大火中失去了生命。

看著化作一片焦土的江戶，任何一個人都會心想：

「完了，沒救了。」

但接下來才是江戶的真本事。

江戶的城鎮在重建之後，又馬上恢復往昔的繁華。然而，火災再度發生了。市街又被燒成灰燼，死傷慘重。面對好不容易復興的城鎮，惡火三番兩次地將一切燒個精光，然後迎來下一次的重建。雖然人們稍稍記取了教訓，試著增設防火空地，但還是擋不住祝融來襲。

對江戶人來說，似乎動不動就把整片土地燒得什麼也不剩的大火，反而能讓他們豁達大度地捲起袖子，從零開始重建家園。這裡於是以江戶城為中心，呈現「の」字形不斷向外擴建，不曾迎來建造完工的那一天。

倒不如說，這個城市本來就沒有所謂完成的狀態。

江戶的時代終結，這裡開始被稱作東京。

最初，東京把仿效名為倫敦的城市當成目標。

丸之內建起了一座座紅磚洋房，那景色真是好不迷人。這些洋房建築與用紙和木頭建成的長屋不同，看來就非常堅固耐用。但是某一天，這些洋房與其他建築物無一不全部倒塌殆盡，那是發生關東大地震的日子。

東京失去了一切，心裡想著：

「完了，沒救了。」

但奇蹟又再次發生。

城市順利復興重建，新的東京誕生了。一切都恢復往常，好似什麼都沒發生過。

然後，相同的狀況，又發生了一次。

當東京看著受戰火波及變得慘不忍睹的廢墟時，心裡又想著：

「完了，沒救了。」

但是，這個一切化為烏有的地方，又逐漸找回了人氣，建築物如雨後春筍般林立，也開始有汽車和電車在這片土地上來回穿梭。

東京好幾次環顧著失去了所有的城市，好幾次陷入絕望的深淵，但人類總有辦法在同一個地方重新建起一切。在這邊那邊多加一些功夫，正當以為迎來完成之時，又再次遭到毀壞，然後重新開始。學不乖又不厭其煩地，一再地、不停地反覆下去。

此番此景，讓東京不禁覺得這些人的本質真的從江戶時代起就一點也沒變過。

無論是被大火燒盡，還是在地震中坍塌，他們都會淡定地接受現實，設法做些什麼。看著人們這般舉動，東京想起了當初來到這片土地上的那位老人。

東京心想。

自己永遠不會有完成的一天。

自己會一次次地不斷迎來重生。

註52：振袖，未婚女性所穿的正式和服。袖襬較長，因而得名。

後記

本書內容集結自東京新聞的網站「東京新聞Hot Web」，從二〇一三年起連載了為期兩年的《山內Mariko的東京23話》。這個連載單元的內容，是以東京都內二十三個區為主題撰寫而成的短篇小說，每月更新一則。

除了大致的頁數和以「區」為主題外，對內容並沒有其他限制。

當我接到這有點奇特的邀稿時，馬上就想到讓各區自己來述說故事，以第一人稱的方式書寫。我覺得沒有比這更好的寫法了！

當時是我住在東京的第八年。雖然要在如迷宮般的電車網中順利換車至目的地對我來說已經不是難事，但感覺上我好像也都只是呆呆地照著智慧手機上的轉乘指南和Google地圖行動而已。對於這塊土地，還有太多地方是我所不了解的。

東京這個城市是由許多零碎的形象拼湊而成的，因此光是走遍大街小巷也很難看透其中的本質。各區都宛如擁有自己的「個性」，而人們則是透過各種形象來感受到這些個性。但是，要正確地掌握這些形象，對像我這種從外地移住進來的居民來說，其實十分困難。

除此之外東京的歷史，也是自江戶時期以來就由每個不同的時代不斷堆疊交織出來的。肉眼看不到的形象與歷史——我不禁非常想要掌握它們的全貌，一股源源不絕的好奇心從心底湧現。過去雖然就有對東京的雜學知識感興趣，但卻從未找到機會認真研究過，就這樣不知不覺地住了八年（竟然！）。以連載為契機，這兩年時間我感覺到自己和東京變得更加靠近了。

連載期間，我得到許多人士的幫助。對剛出道的我提出邀稿的河野滿先生、Landmarks股份有限公司的歷代責任編輯、販賣部的竹田浩之先生等東京新聞（中日新聞東京總公司）的各位人士，都對我照顧有加。同時也要感謝負責校正的東京出版社服務中心的長岡羊子小姐。要用從零開始查找出的速成知識來撰寫有關東京的種種，曾讓我感到惶惶不安，但多虧有長岡小姐幫忙，我才能放心地投入23區的角色，撰稿過程也變得非常開心有趣。在此獻上深深的謝意。

東京真不愧是個瞬息萬變的城市，即將於二〇二〇年舉辦的東京奧運，也在我撰寫的期間發生許多變化。作品中，世田谷區因為沒獲選為競技場地而憤慨，但如今據說該區的馬事公苑很有可能作為馬術的競技場使用。恭喜世田谷區了！其他還有許多一轉眼就會變得過時的描寫，讓我內心十分忐忑……不過，這不正是東京的精髓嗎？

願這一本風格頗為奇特的東京指南，能為各位讀者——無論你是否居住於東京——帶來一段愉快的閱讀經驗。

二〇一五年八月　山內麻里子

參考資料

《いまむかし東京町歩き》　川本三郎著　毎日新聞社

繁體中文版：《遇見老東京：94個昭和風情街巷散步》　新經典文化

《キャンティ物語》　野地秩嘉著　幻冬舎

《我是貓》　夏目漱石著　新潮文庫

繁體中文版：桂冠（1994）、大牌出版（2015）等多家皆有出版

《淺草フランス座の時間》　井上ひさし著　こまつ座編　文春ネスコ

《淺草芸人》　中山涙著　マイナビ新書

《淺草キッド》　北野武著　新潮文庫

《志ん朝の落語〈1〉男と女》（暫譯）　古今亭志ん朝著　京須偕充編　ちくま文庫

《石井桃子展》　世田谷文学館編　世田谷文学館

《幻のB級！大都映画がゆく》　本庄慧一郎著　集英社新書

《男人真命苦》第一部　導演・山田洋次　松竹株式会社

其他亦參考了《野口伊織紀念館（www.iori-n.com）》等多數網站。

本書是將二〇一三年三月～二〇一五年二月，於「東京Hot Web」上連載的作品經過增訂後，再加上左列內容集結成冊出版。

一個好城市的條件　武藏野市──「asta*」二〇一五年九月號

附錄「東京地圖指南」──全新收錄

附錄

東京地圖指南

№1 千代田區

自江戶時代延續至今的國政中心地

東京二十三區是以昔日江戶城所在的皇居為中心，如蝸牛殼狀般一圈一圈向外畫圓的順序來切分出二十三個行政區。作為起點的千代田區，集國家各個中樞機關於一身。永田町、霞關一帶，集合了國會議事堂、首相官邸、最高法院等行政機關，街上的氣氛也十分肅穆。另一方面，區的東北部則有大型電器街與御宅族聖地的秋葉原，街上的氛圍於是有了一百八十度大轉變，十分輕鬆休閒。神田的神保町是全世界少有的二手書店街之一。街上充斥著愛書的大叔們，靜靜地燃燒著心中的熱情。此外「千代田區」這個名字，據說是來自江戶城的別名「千代田城」。

國會議事堂

工程歷時17年，於1936年竣工。造型左右對稱，面向國會議事堂左邊是眾議院，右邊是參議院。平日任何人都能來此參觀，販賣部也有販賣國會周邊商品，例如眾議院筆記本、首相豆沙饅頭等等。

皇居

德川幕府根據地的江戶城，於明治元年（1868年）改稱皇居，並請天皇家自京都遷居此處，直至今日。
不知何時起皇居外圍成了慢跑的熱門路線。雖然是沒什麼意義的小八卦，但聽說這些慢跑者的年收都很可觀。

東急
凱彼德大飯店
（舊東京希爾頓飯店）

作為紅透半邊天的披頭四曾下榻之處而一躍成名的超高級飯店。2006年，因建築的老朽化而拆除。此處昔日知名的餐點「排骨麵」，只要到今日建於舊址上的東急凱彼德大飯店內的「ORIGAMI」餐廳中，依然能品嘗到這道料理。

№2 中央區

位於東京的「中央」，至今保留著江戶氣質的街區

因為差不多位在二十三區的中央處，所以很直接地取名為「中央區」。由於大部分的土地皆是自江戶時代以後填海造陸而成，因此鮮少起伏，坡度也比較緩和。由於區內大部分都是棋盤狀的道路，對容易迷路的路癡來說可說是一大福音。在這裡，銀座屬於貴婦最愛來購物的百貨街，日本橋和八重洲則有日本數一數二的辦公商圈。而人形町、月島一帶，保留著許多古早味的餐飲店，可以體會日本下町老街的風情。前些日子為遷移一事鬧得沸沸揚揚的築地市場*也在這裡。經常聚集著國內外觀光客的築地場外市場商店街，似乎會在原處保存下來。呼，真是好家在。

歌舞伎座

日本梨園的大本營，一整年都會上演各種演出節目，是歌舞伎專用的劇場。開幕於明治22年（1889年），以木頭打造的西洋風格在當時是走在潮流尖端的建築物。在東京大轟炸中全毀，昭和26年（1951年）得以重建。現今的歌舞伎座已為第五代建築。

*註：築地場內市場預定將於 2016 年 11 月遷至豐洲，一般消費者取向的場外市場則是進行翻修後，繼續留在築地。

和光百貨

銀座的象徵性建築物。貨真價實的高級精品店，據說會前來消費的客人盡是富豪名媛。原為服部時計店，即「SEIKO精工錶」的前身，於明治14年（1881年）在此創業。日本被佔領時期（1947年～1952年），也曾是專做美國進駐軍生意的基地內商店。

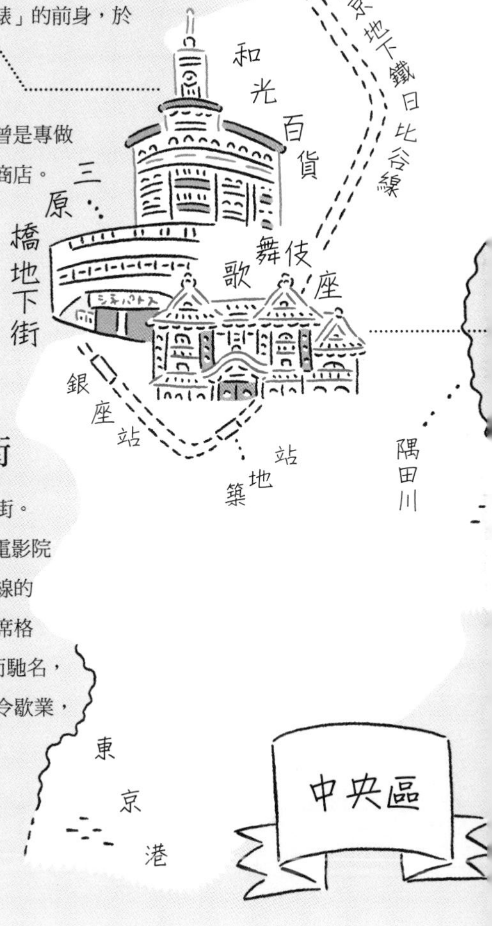

三原橋地下街

曾經是日本最古老的地下街。其中「銀座Shinepatosu」電影院曾因聽得見地下鐵日比谷線的聲音，以及上映史蒂芬·席格（Steven Seagal）的新作而馳名，但由於耐震性的問題被勒令歇業，2013年在眾人的惋惜聲中結束營業。

№3 港區

除了是許多企業總部林立的商業中心地帶，同時也有駐日大使館、外資企業落腳此地，是一個非常國際化的街區。時尚的青山、適合成熟大人的六本木及赤坂、上流貴氣的麻布和白金台，每個地區都有自己獨特又迷人的形象。這種多樣性自江戶時代傳承至今，那時武士宅邸、商店街以及神社佛閣皆在此雜聚，形成一片欣欣向榮的景象。身為關東交通樞紐的品川站，其實正位於港區。預定於二〇二七年，夢幻的交通工具・磁浮中央新幹線也將在此開通！

喜愛新事物，
不斷在進化的時髦街區

CHIANTI

日本第一間道地義大利餐廳，於1960年開幕。是從伊夫・聖羅蘭（Yves Saint-Laurent）到井上順，嘻哈名人與叛逆的年輕人們都會在此聚集的社交性空間。常客中最年輕的松任谷由實，當時竟然還只是國中生！

港區

六本木新城
（Roppongi Hills）

以森大廈（Mori Tower）為中心，擁有飯店、美術館、電影院等設施的住商複合地。既有知名藝人入住，IT新創企業也會在此設置辦公室。位於入口處的蜘蛛裝置藝術，是路易絲．布儒瓦（Louise Bourgeois）的作品「Maman」，據說全世界只有九座。

東京都庭園美術館

由留法歸來的朝香宮鳩彥王所創立，道地的裝飾藝術（Art Decoratifs）建築。一度成為日本首相吉田茂的官邸，後又被轉讓給西武鐵道公司，歷經曲折的命運後，如今化為一座美術館供民眾參觀。昭和8年（1933年）竣工。

№4 新宿區

代表當下東京的混沌街區

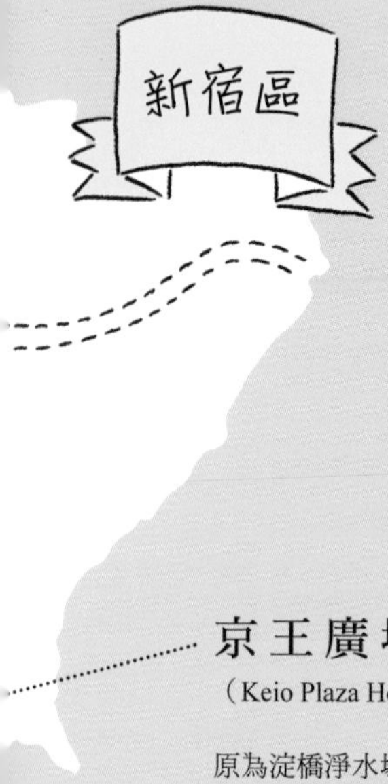

新宿區是由四谷區、牛込區、淀橋區三區合併而成，由於各個區域皆有自己的文化，因此此處的氛圍便多少有些混亂。涵蓋神樂坂等地的舊牛込區地帶，是自江戶時代以來的住宅區，氣氛穩重寧靜，反觀新宿站東側則有歌舞伎町以及以同志區聞名的二丁目，相較之下多了些紛亂的氣息。新宿站一天的平均上下車人數高居世界第一，這裡的人潮和站內如迷宮般的設計，對初來乍到的鄉下人來說也只能舉雙手投降了。

京王廣場大飯店

（Keio Plaza Hotel）

原為淀橋淨水場的廣闊地帶，在1971年突然出現了這棟日本最早的超高樓飯店，也是西新宿摩天大樓建築群的先驅。椋圖一雄的漫畫《漂流教室》中所出現的「京陽飯店」，就是以此為原型。

蟲繭大廈

學校法人Mode學園所擁有的摩天大樓，有三間專門學校入主其中。新宿街頭上，打扮得最新潮時尚的年輕人，沒意外應該都是這裡的學生。總而言之外形就是非常引人注目。2008年竣工。

東京都廳

正式名稱為東京都廳舍。最吸睛的第一本廳舍，據說是以巴黎聖母院為藍本。通常一般民眾只有在更新護照或駕照才會造訪這裡，但其上可免費入場，從標高202公尺處鳥瞰東京的瞭望台，實為一處鮮為人知的好康景點。

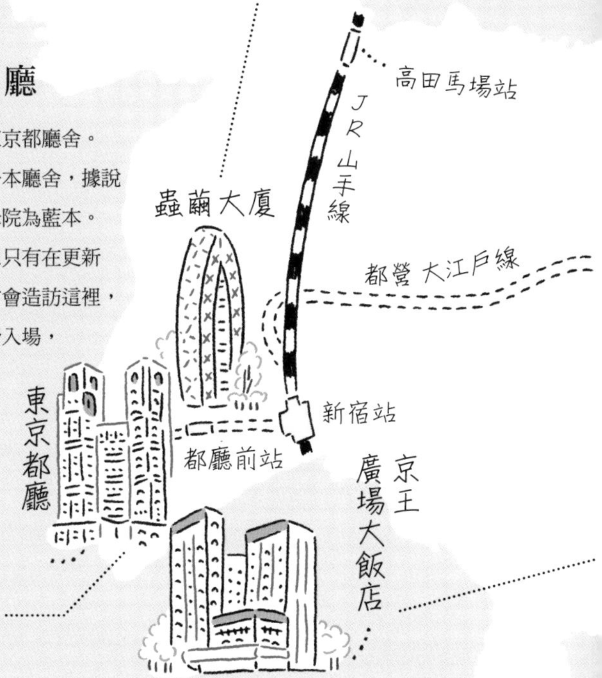

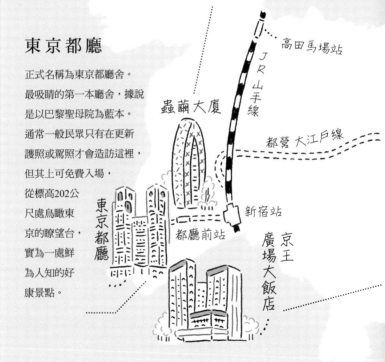

№5 文京區

備受眾多文豪
鍾愛的街區

東京大學、御茶水女子大學等眾多大學薈萃的文教地區。明治時代，東京大學成立，包括東大畢業生的夏目漱石、森鷗外等眾多文人也都居住於此。此區還有小石川後樂園、六義園等與德川家有淵源的庭園，散發出一股難以形容的典雅穩重氛圍。著名的川柳詩句「本鄉至兼康，仍為江戶中」就是在形容，江戶市內的最北界是到名為「兼康」的店家為止。兼康至今仍坐落於此區本鄉三丁目的十字路口街角，展示櫥窗中陳列著各種女裝與包包。

東京大學

眾所皆知，這裡是日本最難考上的大學。此處原為加賀藩的宅邸，明治時代設置了大學，現今仍有赤門等多處江戶時代留下的古蹟。校園內也有許多會讓喜愛復古建築的人欲罷不能的洋風建築。學生用餐區和餐廳等亦有對外開放給一般人士利用。

根津神社

第一座祭祀日本神話人物「日本武尊」的古老神社。
神社境內有一處占地約兩千坪的杜鵑花苑，
於每年四月中旬至五月上旬的花季，
就會在此舉辦文京杜鵑花祭。在鷗外及
漱石的小說中，這裡則是以
「根津權現」之名登場。

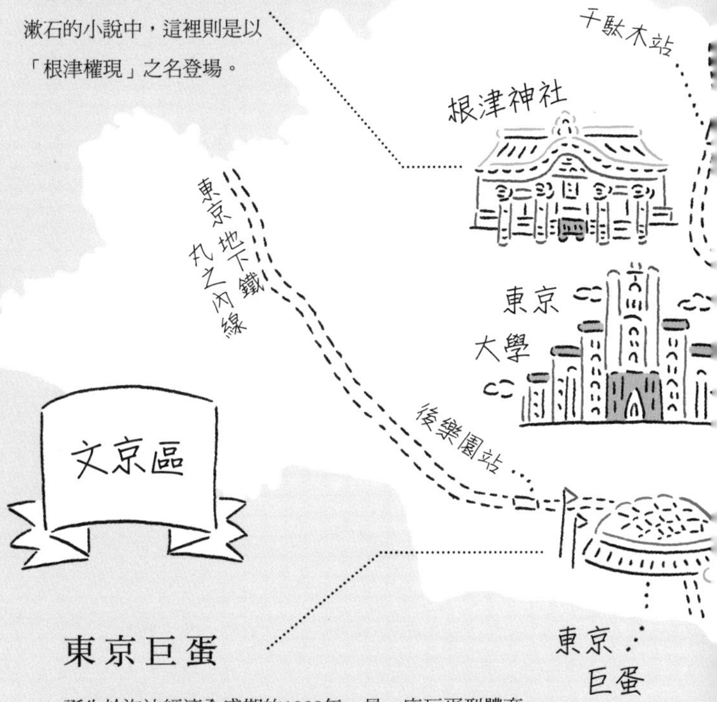

東京巨蛋

誕生於泡沫經濟全盛期的1988年，是一座巨蛋型體育場，同時也是讀賣巨人隊的主場。賽季中利用比賽的空檔，許多知名演藝人士會在此舉辦大型活動。遇到傑尼斯藝人的演唱會時，最鄰近的水道橋站總會被大批粉絲們擠得水洩不通。

№6 台東區

自古以來，這裡是東京都內最早興起繁盛的地區。此處有「北方玄關口」之稱的上野站、立有西鄉隆盛銅像的上野公園、因晨間劇《小海女》而走紅的糖果街阿美橫丁、以及作家獅子文六與電影明星長谷川一夫沉眠於此的谷中靈園等等，是個昭和氣息滿點的老派街區。位於台東區東半部的淺草地帶，從明治時期到昭和初期一直都是東京首屈一指的繁華地段。順帶一提，只要跨過隅田川，對岸就是墨田區了。近年來成為熱門景點的「谷根千」，是對谷中、根津、千駄木三地的合稱，其範圍橫跨了文京與台東兩區。

洋溢著下町風情的
復古觀光地

仲見世通⋯

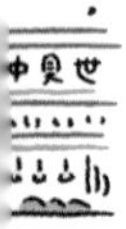

淺草

淺草寺為東京都內最古老的寺廟。以著名的雷門為入口，一路通往淺草寺的參拜道路仲見世通，也是日本最古老的商店街之一。除了人形燒、炸饅頭之外，還有販賣各種受外國人青睞的紀念品跟土產。

花屋敷

在2013年迎來開園160週年（！），是一處小巧可愛的遊樂園。除了象徵性的「Bee Tower蜜蜂塔」和自由落體「Space Shot太空發射站」外，也有許多比較溫和、會讓人感到溫馨的遊樂設施，但據說只有鬼屋真的不是一般的恐怖。

上野動物園

日本第一座動物園。1972年，來自中國的大貓熊康康和蘭蘭入園！據說，當天以愛貓熊出名的黑柳徹子，還守在後門等待貓熊到來。目前園內飼養的貓熊是力力和真真。

№7 墨田區

江戶傳統尚存，散發著「日本」味的街區

以晴空塔所在地而名震四方、備受矚目的下町地區。江戶時期遺留下來的古蹟眾多，隨處可見忠臣藏的相關史跡，同時也是時代小說《鬼平犯科帳》的主要舞台。經常出現在落語中的《本所七大不可思議》，相傳就是發生於墨田區本所一帶的都市怪譚，包括像是「置行堀」、「送行提燈」等著名故事。區名由來的隅田川，自江戶時代起每年都固定會舉辦花火大會（煙火祭典），其美景也曾出現在歌川廣重的浮世繪畫作《兩國花火》之中。說到兩國，就不能不提相撲！此區不只有國技館，還有許多相撲道場。另一處超人氣景點，便是重現江戶城鎮風光的「江戶東京博物館」。棒球界的傳奇人物王貞治也是此地的榮譽區民。

兩國國技館

「兩國」可說是相撲的代名詞。

一年六次的相撲正式比賽中，有三次都會在此舉行。

現今的建築物於1984年竣工，意外地年代尚淺。

「全國高等專門學校機器人競賽」的全國大賽也都在此舉行。

順帶一提，這裡的地下室是雞肉串燒工廠。

隅田川

隅田川花火大會起源於江戶中期（18世紀前後）的「兩國川開花火大會」。製作煙火的花火師鍵屋彌兵衛和玉屋市兵衛，曾在此互相較量手藝。現在人們會在觀賞煙火的時候高喊「Kagiya（鍵屋）」、「Tamaya（玉屋）」，其實就是來自當初對這兩名花火師的加油聲。

東京晴空塔

標高634公尺的東京晴空塔，是全球第一高的獨立式電波塔，不過大家比較關心的其實是它的命名。據說起初「大江戶塔」是最被看好的名稱，然而附近一家和菓子店老闆不知是否預見了會使用這個名字，搶先一步註冊了商標，導致最後只好換成別的名字。

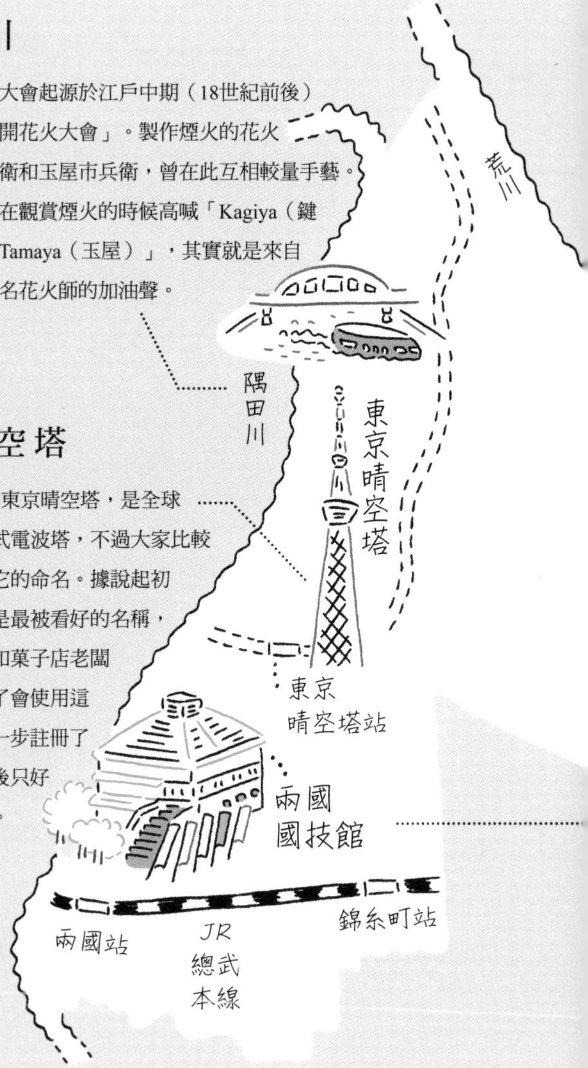

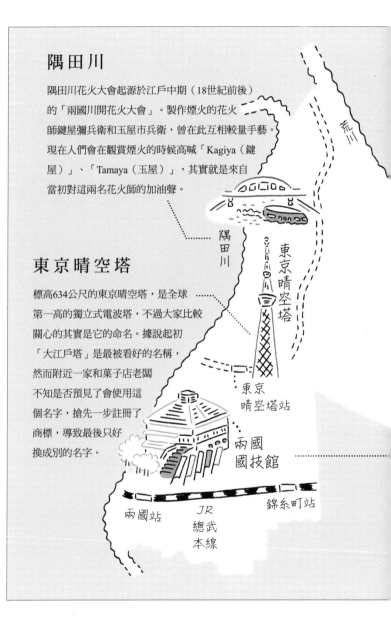

№8 江東區

江東區

為了抵禦培里率領的美國海軍艦隊而在沿海地區設置的砲台「台場」，如今化身為一處熱門觀光景點御台場。原先此處是一片大海，過去曾作為「木場」使用，將木材放在海面上漂浮保存。填海造陸工程於一九七四年完工，但正式著手進行街區的開發，則是要等到二十年後！除了即將接替築地市場的「豐洲新市場」也預定於二〇一六年在此開張，其他臨海區域的開發至今也如火如荼地陸續進行中。以區來說，所謂的臨海區域大致涵蓋了港區台場、江東區青海以及品川區東八潮。當然這些地方全部都是人工打造的海埔新生地。

傳統與未來
兼容並蓄的都市

清澄白河

備受矚目，時下正夯的景點。

被視為第三波咖啡浪潮下誕生的精品咖啡的聖地，每到週末就會湧入大量年輕人。東京都現代美術館也在附近。

深川的稻草人競賽在2014年迎來了第17屆。

彩虹大橋

象徵著日本泡沫經濟時期的橋梁，以電影《大搜查線2》中的知名對白「無法封鎖彩虹大橋！」廣為人知。也有人說實際上要封鎖這座大橋並不困難。橋上設有散步道，北側可一覽摩天大樓建築群，南側則能遠眺富士山。

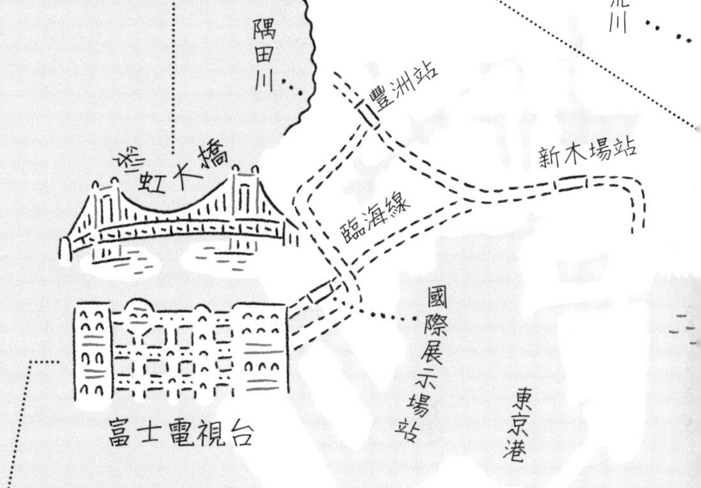

富士電視台

怎麼好像有個圓球在上面……是棟令人印象深刻的總公司大樓。建築上的球體其實是瞭望台，名為「蜂球Hachitama」。其設計是出自享譽全球的日本建築大師T．K（丹下健三）。順帶一提，其確切地址實際上應該是位在「港區」台場。

№9 品川區

江戶時代以來的交通樞紐

江戶時代，這裡是東海道五十三次的第一宿場，因而繁榮興起。臨海的品川由於風光明媚備受人們喜愛，據說商店數曾高達一千六百間，居民也攀升至七千人。次地也曾是一處大型遊郭，與吉原遊郭分庭抗禮，因此有了「北吉原，南品川」一說，同時也是古典落語《品川心中》、《居殘佐平次》等段子的故事舞台。全長達一·三公里的戶越銀座商店街，是日本走訪街道的節目中常常出現的景點。商店街近年歷經重新整修，設置了令人彷彿置身江戶時代的街燈和石板路，重現宿場的昔日風華。

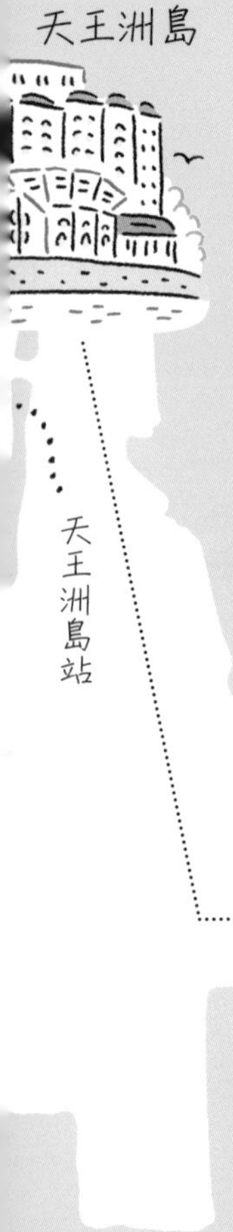

天王洲島

（Tennōzu Isle）

由東京灣的泥沙堆積而成的沙洲地帶，Isle是「島」的意思。

作為時髦的灣岸景點，這裡在岸邊以木板鋪成的散步道（木棧道），也成了愛情劇中不可或缺的取景場所。

品川王子大飯店

擁有3,679間客房，日本最大的都市飯店。擁有水族館、電影院、表演廳還有保齡球場，娛樂設施可說是一應俱全。舊本館的東大廈（East Tower）常有許多校外教學的學生們入住。雖以品川命名，但實際上是位於港區。

原美術館

專門展示現代藝術的私立美術館。原為企業家原邦造的私宅，落成於1938年，是有著雪白外牆的現代風宅邸。設計師為經手東京國立博物館本館和銀座和光百貨的渡邊仁。於群馬縣澀川市另有一座別館「Hara Museum ARC」。

№10 目黑區

此區鄰近澀谷、惠比壽，若是要前往東京灣岸、橫濱和湘南附近或北關東一帶亦十分便利。代官山和目黑川沿岸聚集了許多倍受注目的時尚和美食店家，來此滿足購物慾的年輕男女絡繹不絕，據說也有很高機率能碰見明星藝人。這裡歷史悠久，是自繩文時代（西元前十四萬年－西元前三百年左右）就有人類在此生活的場所。從大街轉往踏入小巷中，又能看到充滿風情的寺院神社、美術館，甚至還有古墳。「目黑的秋刀魚祭」是以落語段子《目黑的秋刀魚》為起源的祭典。祭典期間來此的遊客都能免費品嘗到露天燒烤的秋刀魚，每年都吸引了大批人潮參加。

目黑雅敘園＆百段階段

東京的代表性結婚會場。

同時也作為吉卜力電影《神隱少女》中湯屋的範本而聞名。百段階段是園內唯一僅存的木造建築，至今仍向人們展現著目眩神迷的世界。若想感受如置身湯屋般的裝潢設計，千萬別錯過這裡！

櫻花沿河岸綻放，
與咖啡廳非常
相襯的街區

代官山

時尚小鎮的代名詞。不僅有傳播
高質感文化的代官山蔦屋書店，
人氣模特兒梨花開設的店也位於此處。
近年來逐漸轉型成適合親子同遊的地區，
開始舉辦晨間市場等活動。

目黑川賞櫻

堪稱是東京的眾多河川中，被包裝得
最時尚的河流。江戶時代這裡被稱為
「垢離取川」，人們會在這條河
中沐浴淨身後，前往目黑不動尊
的寺院參拜。現在河川兩岸種植著
約800顆的櫻花樹，每到花季
總吸引許多人
前來賞花。

№11 大田區

此區面積之大，將近占了東京二十三區總面積的一成。提到大田區，一般都會先想到羽田機場，但事實上這裡還有「東京縮圖」之稱。因為這裡不僅有熱鬧的商店街、田園調布等高級住宅區，也有綠意盎然的多摩川跟超過四千座的工廠，支撐著東京的製造產業。區內遍布著許多錢湯，且大部分都是色澤呈現可樂般顏色的「黑湯」泉，非常有特色。另外，從大正後期到昭和初期，以尾崎士郎為中心，包括川端康成、萩原朔太郎等許多作家、詩人與藝術家在此齊聚一堂，形成了被稱作「馬込文士村」的社區。

羽田機場

日本最大的機場，正式名稱為「東京國際機場」。國內線分為有JAL等班機起降的第一航廈，以及有ANA等班機的第二航廈。要是對機場不熟悉的話，很有可能會找不著方向，記得在出發前先確認清楚。

馬込文士村

位在JR大森站的西側區域，曾有三島由紀夫、室生犀星等眾多文人與藝術家居住於此。晨間劇《花子與安妮》的主角原型村岡花子的書齋，至今仍維持原樣供一般大眾參觀，目前休館中*。

不只有機場！
23區中
面積最大的

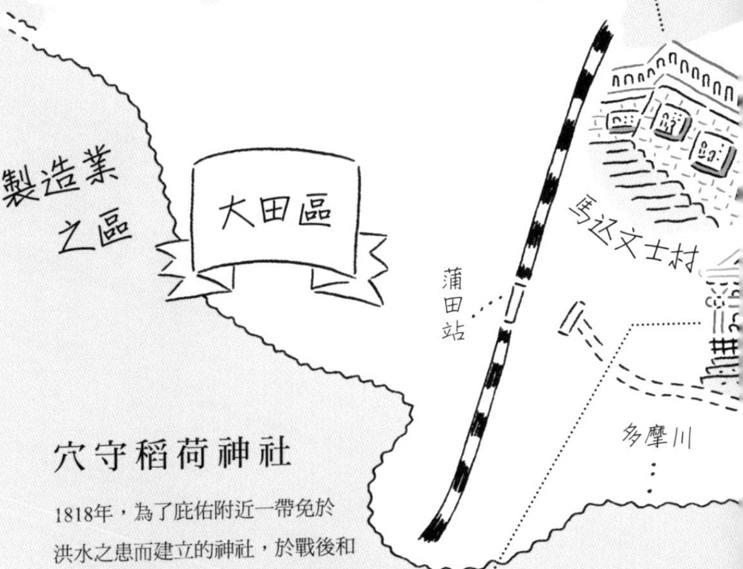

穴守稻荷神社

1818年，為了庇佑附近一帶免於洪水之患而建立的神社，於戰後和遭到強制撤離的居民一同搬遷，並移至現今的場所。因為位於機場旁，相傳除了保佑生意興隆，對於祈求旅行及航空安全也十分靈驗。

*註：村岡花子的書齋 、藏書、資料已於 2015 年春遷移至其母校東洋英和女學院。

№12 澀谷區

昔日的武士之町，
今日的年輕人之都

昔日這裡是武士宅邸林立的的「武士之町」。變成像今天這樣的年輕人文化集散地，要等到進入一九七〇年代以後。在那之前原先扮演這個角色的地方首推新宿，不過一九七三年由於PARCO百貨進駐澀谷，大大地改寫了日本年輕人文化的歷史。至於讓人聯想到「澀谷＝日本黑辣妹」形象的一〇九百貨，則是開幕於一九七九年。澀谷站前的行人專用時相多岔路口，一直以來都是人潮洶湧，特別是日本足球選手代表出賽時，不知為何這裡更是擠滿了人群。目前澀谷站被列入進行大規模重新開發的地區，到底以後會變成一個怎樣的未來都市呢……

八公像

無論SoftBank代言人的白戶家狗爸爸有多受歡迎，全日本最有名的狗狗還是小八！當年小八不知飼主過世，每天癡癡地在車站前等待主人的故事，還被好萊塢翻拍成電影，由李察吉爾主演。

中央街＆Q FRONT

1990年代極盛一時的日本黑辣妹文化傳播聖地。2011年，為了甩開這種邊緣形象，突然不明所以地改名為「Basketball Street」。不過想當然這個名稱沒得到大眾的認識與接受。

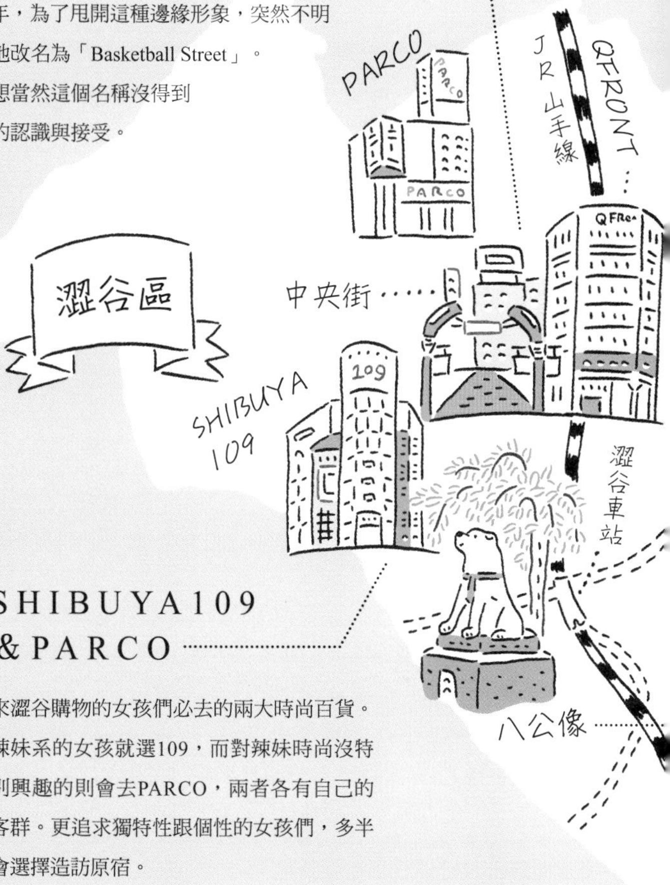

SHIBUYA109 ＆PARCO

來澀谷購物的女孩們必去的兩大時尚百貨。辣妹系的女孩就選109，而對辣妹時尚沒特別興趣的則會去PARCO，兩者各有自己的客群。更追求獨特性跟個性的女孩們，多半會選擇造訪原宿。

№13 世田谷區

日本擁有最多居住人口的街區

世田谷區在二十三區中擁有最多人口，其數量高達九十萬人！這個驚人的數字甚至是比山梨縣或佐賀縣的人口還要多，也充分顯示出東京人口的過度集中。然而由於世田谷區的面積是繼大田區之後排名第二大，因此人口密度在二十三個區之中僅排在第十三名。世田谷區給人一處恬靜高級住宅區的印象，此處的居民也以「世田谷」之名引以為豪，但另一方面，在政府導入「世田谷地域車牌*」時卻也曾引發一股反對聲浪。大規模的跳蚤市場「世田谷舊貨市集」，發祥自安土桃山時代（一五七三－一六〇三年）的樂市，如今亦成為當地年末年初的一大盛事。

駒澤奧林匹克公園綜合運動場

這裡曾是東京高爾夫俱樂部以及職業棒球東急（東映）Flyers棒球隊的主球場，於1964年配合東京奧運的舉辦，而重新翻新整修。中央廣場上的奧林匹克紀念塔，雖然外形很像一座五重塔，實際上則是地上12層樓高的建築物。

下北澤

戲劇的聖地，坐擁
本多劇場等
眾多小型劇場。
還有許多展演空間跟
二手服飾店，年輕人
各自為了不同的目的
聚集於此，好不熱鬧。
不管什麼時候去好像
永遠都在施工的
下北澤車站，預定
將於2018年完工！

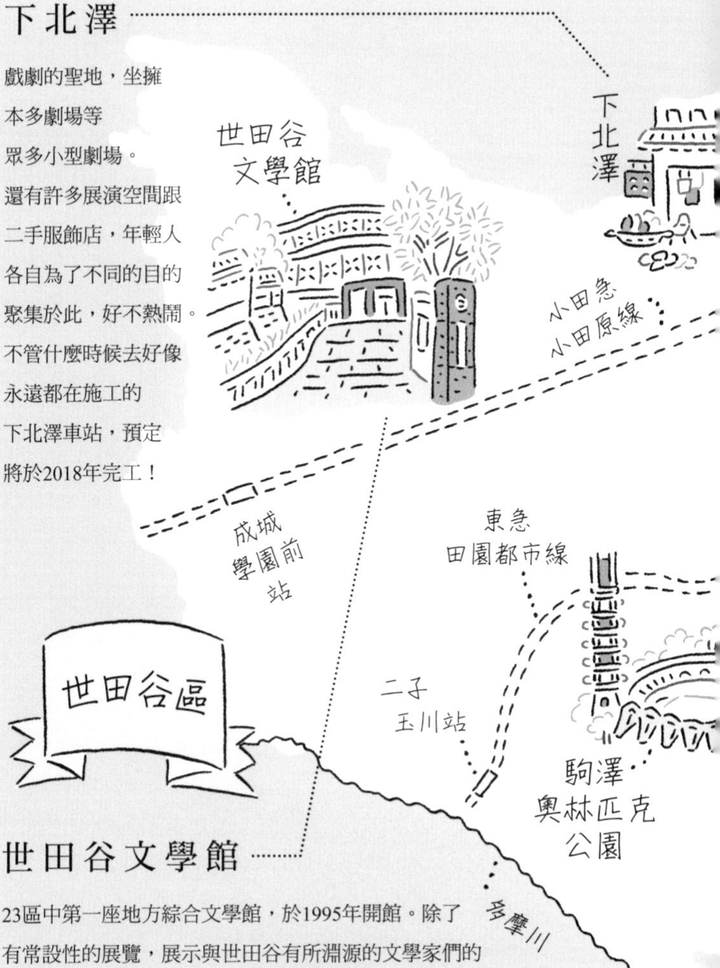

世田谷文學館

23區中第一座地方綜合文學館，於1995年開館。除了有常設性的展覽，展示與世田谷有所淵源的文學家們的原稿、首刷書等收藏之外，也會舉辦如漫畫家岡崎京子、評論家植草甚一的特展，2016年則在此舉辦過漫畫家浦澤直樹的個人展。

＊註：日本的車牌上皆會標記所屬的車輛檢查登錄事務所地名，然而在政府於 2006 年導入「地方化車牌」制度後，將車牌按地區劃分得更細，「世田谷」也從「品川」車牌獨立出來，卻引來部分住民反對。

№14 中野區

次文化與哲學並存，
文化的一大傳播地

此處有JR中央線、東京地下鐵丸之內線、西武新宿線、都營大江戶線四條線行經，交通非常便利，因此這裡也是一處人口極為稠密的街區。從中野車站的北口出站，穿過拱廊式的商店街後，就能抵達著名的中野百老匯。這棟充滿昭和氣息的商業大樓中除了動漫周邊，同時也有鐵道模型、古董玩具或電話卡，能滿足各種狂熱蒐集者的需求。位於中野區北部的哲學堂公園，是世上少有以哲學為主題的公園之一。公園裡單層的木造建築「四聖堂」中，供奉著孔子、釋迦牟尼、康德與蘇格拉底。

中野Sun Mall商店街

將中野站與中野百老匯串連起來的這條商店街，無時無刻都擠滿了人。關東大地震後，因周邊人口增加而逐漸發展起來。於昭和33年（1958年）加蓋拱廊，並在昭和50年（1975年）從「中野北口美觀商店街」改名為「中野Sun Mall商店街」。

中野百老匯

博得「次文化聖地」之稱的購物中心。
原本進駐的都是一般商店，
1980年漫畫二手書專賣店「Mandarake」
在這裡開張之後才改變了屬性，
樹立起今日的獨特風格。

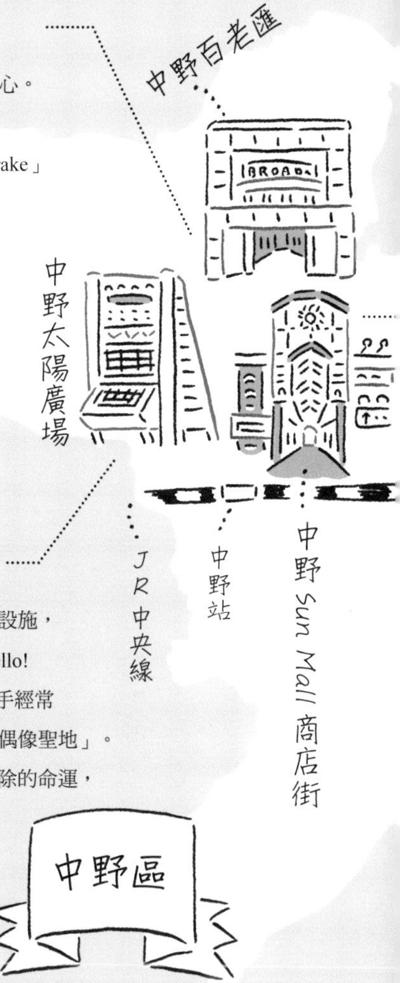

中野太陽廣場

結合了表演廳、飯店與餐廳的複合設施，
也是此處的地標。由早安家族（Hello! Project）推出的女子偶像團體或歌手經常
在此舉行演唱會，因此也被稱為「偶像聖地」。
雖然不斷有傳聞說這裡將面臨被拆除的命運，
但現今依舊正常營運中！

№15 杉並區

關東大地震後，有許多知識份子移居此地，這裡也逐漸朝都心近郊的恬靜住宅區發展。在戰前甚至有「西有鎌倉，東有荻窪」一說，在當時是非常受歡迎的高級別墅區。由於過去青梅街道兩旁並排種植著日本柳杉，因而得名「杉並區」。此處也有許多公園，例如蠶絲之森公園、大田黑公園等。JR中央線沿線為著名的次文化集散地，像是高圓寺、阿佐谷、荻窪與西荻窪等地區，皆擁有眾多獨具特色的店家。全日本約六百間的動畫製作公司中，約有七十間就設立在杉並區，使得此地成為世界數一數二的動畫產業盛地。

高圓寺純情商店街

位於JR高圓寺站北口的商店街。受禰寢正一以這條商店街為原型所寫下的短篇小說集《高圓寺純情商店街》影響，才從「高圓寺銀座商店街」改成現在的名稱。該小說集於1989年獲頒直木獎，並被選錄在許多教科書中。

LAPUTA阿佐谷

有著綠意圍繞、彷彿是從童話故事中搬出來的這座圓形建築，其實是一間小型電影院。這裡也以放映許多日本古今的電影逸作廣為人知，地下室有小劇場「SAMSA阿佐谷」，3樓跟4樓則是餐廳「山貓軒」。

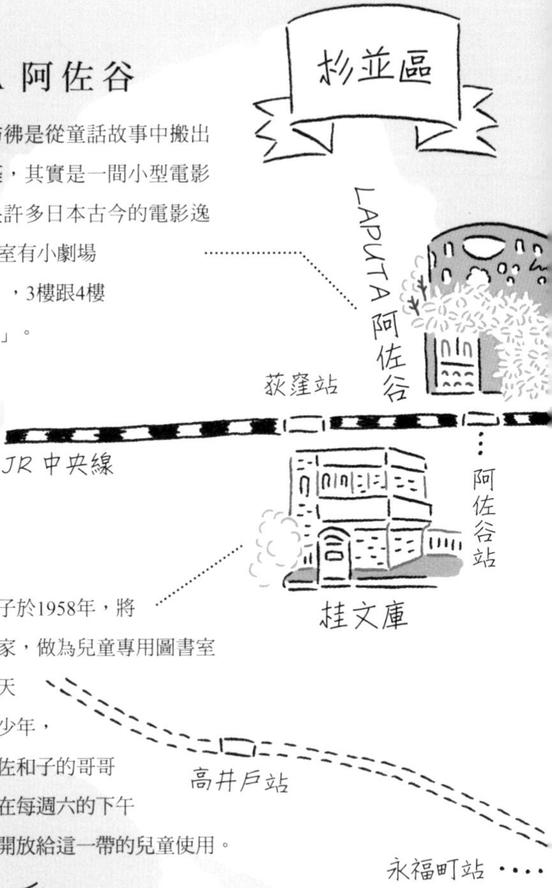

桂文庫

兒童文學家石井桃子於1958年，將自己位於荻窪的住家，做為兒童專用圖書室對外開放。開放當天第一個來到這裡的少年，就是散文作家阿川佐和子的哥哥阿川佐尚之！現今在每週六的下午2點～5點，也持續開放給這一帶的兒童使用。

位於23區的西端，
綠意盎然的
住宅都市

№16 豐島區

豐島的日文讀法有很多，像是Toyoshima或是Teshima，但這裡要讀作「Toshima區」才正確。與銀座、新宿、澀谷，並列為東京四大鬧區的池袋即屬於此區。池袋有四條開往埼玉縣的鐵路經過，分別是埼京線、東武東上線、西武池袋線、湘南新宿線，因此與埼玉之間的交通非常便利。搭乘山手線向東行，就會抵達有「阿嬤的原宿」之稱的巢鴨。曾經位於此地的染井村，是現在賞櫻時常見的染井吉野櫻的發祥地。過去手塚治虫、藤子・F・不二雄、石之森章太郎以及赤塚不二夫等著名漫畫家曾居住的常磐莊，也在這裡豐島區。

雜司谷靈園

於明治7年（1874年）開園。眾多名人長眠於這座廣闊的墓園裡，包括夏目漱石、泉鏡花、竹久夢二、東鄉青兒、中濱萬次郎等人。夏目漱石的小說《心》，也是以此處為故事背景。從都電荒川線的雜司谷站，步行約5分鐘即可抵達。

太陽城（Sunshine City）

1978年竣工。一棟大樓中便網羅了水族館、主題樂園、天象館等娛樂設施，是池袋的地標性綜合娛樂場所。在太陽城建成之前，這裡曾是收容戰犯用的「巢鴨拘留所」。

自由學園明日館

日本史上第一位女記者羽仁元子（羽仁もと子），為實踐理想性的家庭教育與丈夫一同創立了自由學園，明日館即是這所學園的校舍。其設計是出自於世界級巨匠法蘭克．洛伊．萊特（Frank Lloyd Wright）之手。大廳也能當作婚禮場地使用。

№17 北區

與下町風情共存，散發優雅西洋氛圍之地

正如其名，北區位於東京二十三區的北側，隔著荒川與埼玉縣接壤。JR赤羽站周邊一帶有許多提早開店的居酒屋和立飲酒吧，對嗜酒貪杯之人來說就像來到了天堂。流連此地的人，經常都十分具有個性，描繪了這般耐人尋味魅力的漫畫《東京都北區赤羽》（清野通著），也於二〇一五年被改編為日劇，由山田孝之主演。此外，這裡與明治維新的武士澀澤榮一也有所淵源，在澀澤史料館也有公開展示洋風茶室「晚香廬」、書庫「青淵文庫」等國家指定的重要文化財產。

舊古河庭園

喬賽亞．康德所設計的洋房坐落於北側的山丘頂端，山坡斜面上是一片西洋風的庭園（玫瑰園），而低地處則有由小川治兵衛打造的日本庭園（杜鵑花園），可謂一處和洋折衷共存的名勝。每到4月中旬至5月期間，就會有眾多遊客來訪參觀。

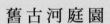

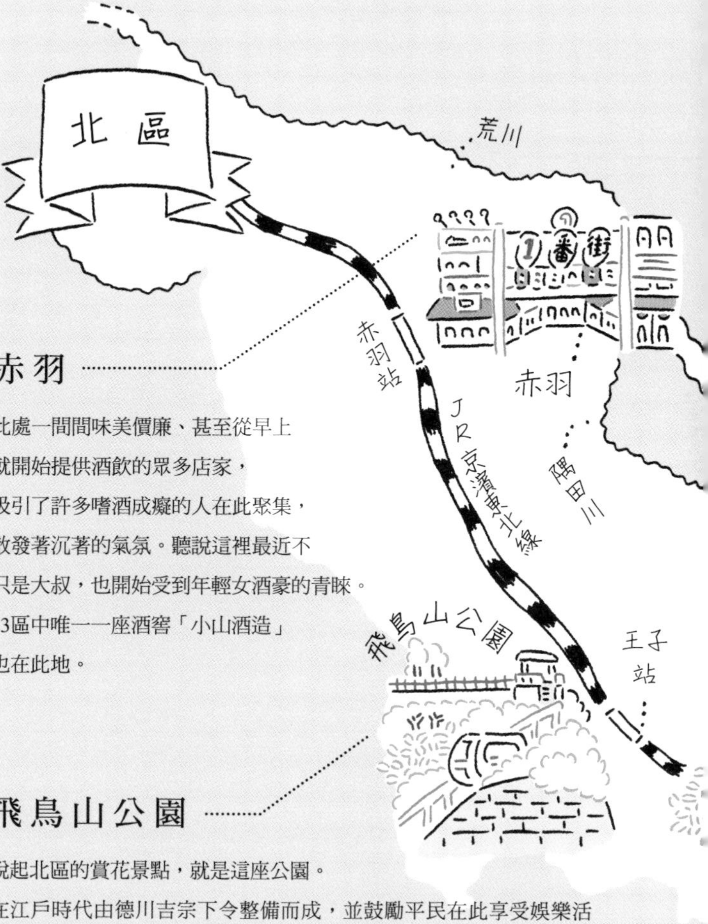

赤羽

此處一間間味美價廉、甚至從早上就開始提供酒飲的眾多店家，吸引了許多嗜酒成癮的人在此聚集，散發著沉著的氣氛。聽說這裡最近不只是大叔，也開始受到年輕女酒豪的青睞。23區中唯一一座酒窖「小山酒造」也在此地。

飛鳥山公園

說起北區的賞花景點，就是這座公園。在江戶時代由德川吉宗下令整備而成，並鼓勵平民在此享受娛樂活動，之後便成了一處賞櫻勝地。事實上這裡地勢比港區的愛宕山（標高25.7公尺）還低，好像並沒有高到能被稱為「山」。不過園內還是備有免費通往坡頂的單軌列車，單程只需2分鐘。

№18 荒川區

江戶時代曾是以生產白蘿蔔、三河島菜*著名的農村地帶，明治時期以後轉而發展工業。日暮里除了各種布莊跟裁縫用品店家林立的纖維街，駄菓子（日本的古早味零食）批發街「日暮里駄菓子屋橫丁」也非常有名，極盛時期這裡有過將近一百間的批發店。然而隨著二〇〇八年日暮里舍人線開通，車站周邊在經過重新開發後，風貌也為之一變。都電荒川線是過去跑遍東京都內各個角落的都電中，唯一留存至今的線路。西日暮里的開城高校，是電視節目《高校生機智問答》的常客，也是日本東大錄取人數最多的高中。說出「太爽了」、「說不出話來了」等名言的奧運金牌游泳選手北島康介，曾獲頒此區的區民榮譽獎。

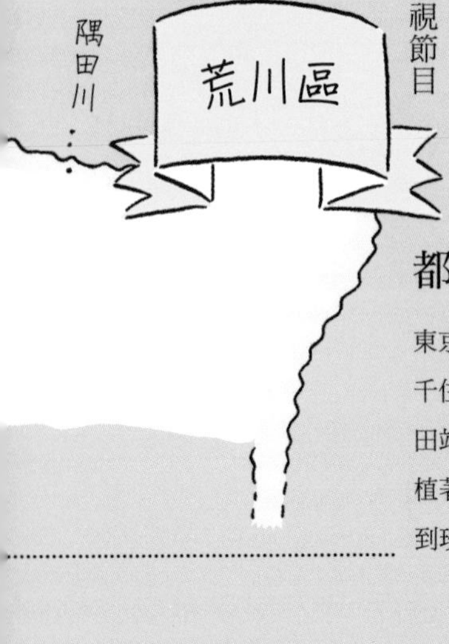

都電荒川線

東京都內現存唯一的「都電」。從荒川區南千住的三之輪橋站至新宿區西早稻田的早稻田站，行駛區間橫跨了荒川區。區內沿線種植著玫瑰花，每逢5、6、10、11月，都能見到玫瑰盛開。

＊註：三河島菜為江戶時代的蔬菜，類似白菜，種植於當時名為三河島的荒川區一帶，昭和時期曾一度絕跡，爾後復育成功。

荒川遊園

23區中唯一的區營遊樂園。就像是百貨公司頂樓遊樂場的擴大版，這座遊樂園給人一種溫馨的氣氛，深受幼童喜愛。除了日本第一緩慢的雲霄飛車外，另外還有動物以及釣魚池，能以平易近人的費用，在這裡玩上一整天。

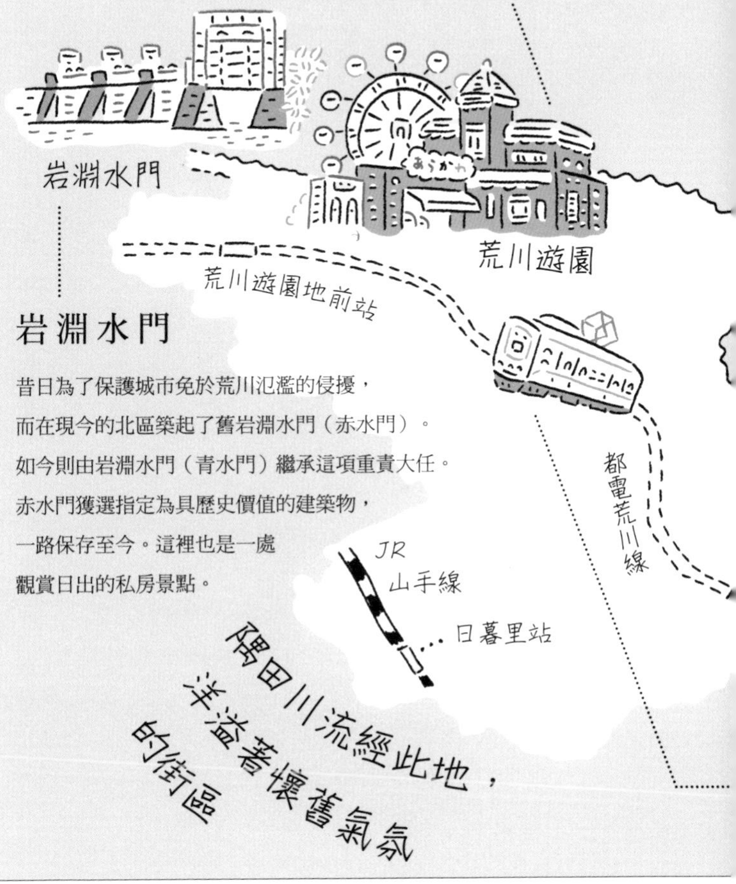

岩淵水門

昔日為了保護城市免於荒川氾濫的侵擾，
而在現今的北區築起了舊岩淵水門（赤水門）。
如今則由岩淵水門（青水門）繼承這項重責大任。
赤水門獲選指定為具歷史價值的建築物，
一路保存至今。這裡也是一處
觀賞日出的私房景點。

№19 板橋區

位於東京二十三區的北西部，這裡在過去是連結日本橋與滋賀草津的中山道上的第一個宿場「板橋宿」，因而十分繁榮。如今這裡擁有眾多通勤族居住，為東京都內數一數二的衛星城市。而建於區內的「高島平團地」，也堪稱是團地住宅的代名詞。以前只有東京都民才可能知道板橋這個地名，後來多虧了當地出身的藝人石橋貴明，才使這個區揚名日本。正所謂「東武練馬有山下達郎，下赤塚有尾崎豐，成增有隧道二人組的石橋貴明」，東武東上線沿線上盡是大名鼎鼎的明星。以區花「鵝掌草」的妖精為意象的觀光吉祥物「Ringring-Chan」，也非常純樸可愛。

板橋區波隆那兒童繪本館

館內藏有從義大利波隆那捐贈的25,000本繪本，是難得一見專門收藏國外繪本的圖書館。利用了舊板橋第三小學的部分建築物，開放給一般民眾使用。從這裡沿著中山道北上，就能抵達真言宗智山派的寺院南藏院，是欣賞枝垂櫻的名勝景點。

高島平團地

距離都心最近的巨型團地。這塊土地原本被稱為德丸原，後來為了紀念江戶的砲術家高島秋帆曾在此進行砲術訓練，於昭和44年（1969年）改稱高島平。超過30棟外形相仿的大樓令人嘆為觀止！周邊的櫸樹林道也非常漂亮。

東京大佛

這裡是多數住在高島平的居民會在新年時前來參拜的乘蓮寺。昭和52年（1977年），為祈求和平，而在此建立了一座約13公尺高的青銅製佛像，通稱「東京大佛」。其大小僅次於奈良、鎌倉的大佛，排名全國第三，卻鮮少有人知道它的存在。

義大利波隆那的姊妹市，保留自然與歷史的街區

№20 練馬區

設立於一九四七年，東京二十三區中最新的一區。此區有四分之一以上都是綠地，也有很多農地。也許是因為以前練馬出產的白蘿蔔「練馬大根」十分有名，所以多少給人鄉下的感覺，但事實上現在幾乎沒人在生產了。現在這裡在生產的，倒不如說是動畫！這裡有超過九十間動畫製作相關企業，包括製作出日本第一部彩色長篇動畫電影《白蛇傳》的東映動畫（現更名為「東映ANIMATION」）、《原子小金剛》的蟲Production等等，可說是與杉並區互相競爭「動畫之都」的寶座。繪本作家岩崎千尋位於下石神井的居所，其舊址如今已被改建為「千尋美術館・東京」。

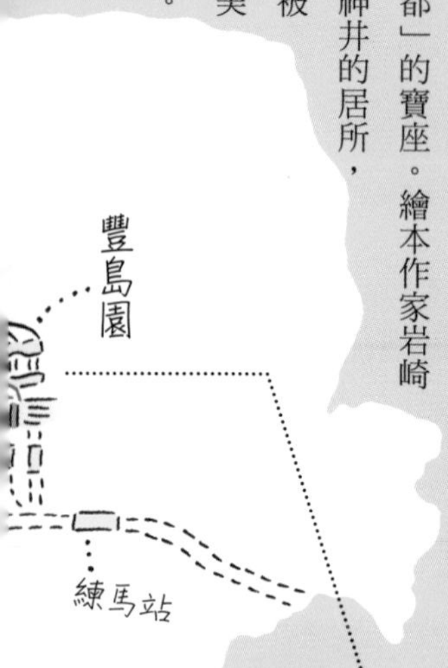

豐島園

除了刺激的雲霄飛車，連游泳池甚至溫泉都一應俱全的遊樂園。因為叫做「豐島園」所以容易被誤會是位在豐島區，但實際上則是坐落於練馬區向山。遊樂園本身設立在昔日練馬城的所在地，名稱則是取自練馬城主的豐島氏。

不是鄉下！
23區中
最新的街區

東映動畫畫廊
（Toei Animation Gallery）

昭和31年（1956年），以「東洋迪士尼」為目標成立的日本首間動畫工作室。畫廊雖然正在休館中，但目前仍在進行《海賊王》、《光之美少女》等系列動畫的製作。形象代言角色為《長靴貓》系列的主角佩洛。

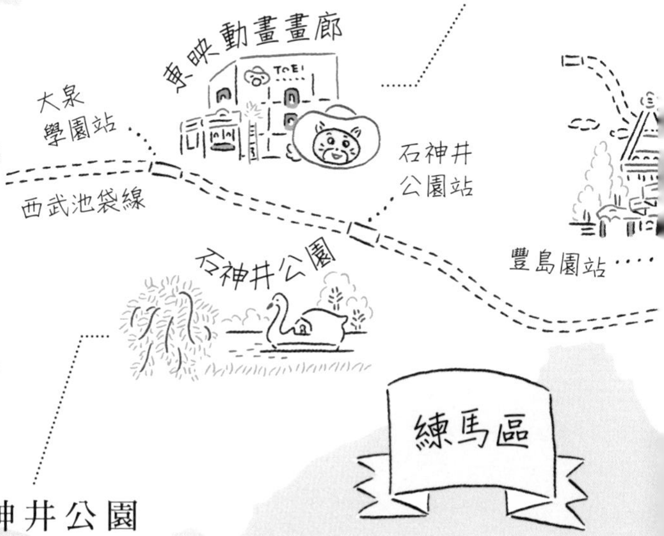

石神井公園

為都立公園，園中的三寶寺池，與井之頭池、善福寺池，並列武藏野三大湧泉池。園內以石神井池、三寶寺池兩大池為中心，坐擁遼闊的自然美景。現已當上會長的島耕作，也經常造訪此地、乘船遊覽。

№21 足立區

明治以後工業日益興盛，並隨著鐵路的開通，人口也逐漸增加。在戰爭中倖免於難的千住北側一帶，保留了許多別具風情的建築物。曾出現於川柳詩句「狠遭水溝蓋痛毆，轎子架入名倉來」的江戶時代整骨名醫所經營的名倉醫院診療室，至今也依然留存於此。其他還有如昭和初期的商人與匠人的宅邸遍布此地，可供民眾享受下町老街風情或錢湯巡禮。進入二〇〇〇年代後，在TSUKUBA EXPRESS與日暮里舍人線兩鐵道開通之下一口氣縮短了與都心的距離。東武伊勢崎線由於行經晴空塔附近，因而順勢得稱「東武晴空塔線」。

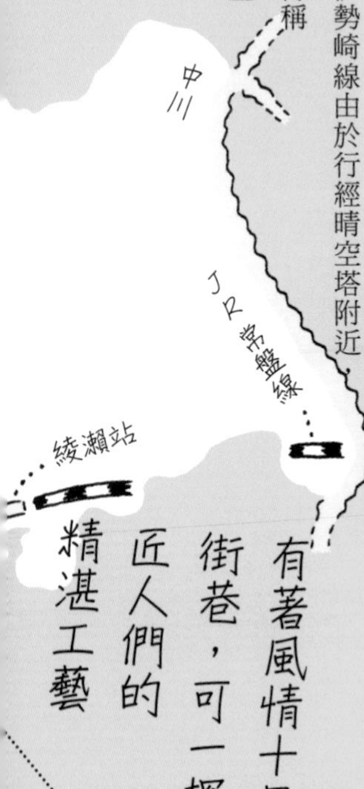

有著風情十足的街巷，可一探匠人們的精湛工藝

大黑湯

在依然保有約40間錢湯的足立區內，仍是屹立不搖的「錢湯之王」。外觀如寺廟飛簷般的唐破風屋簷十分醒目。浴室裡的富士山壁畫，是日本屈指可數專為錢湯作畫的油漆畫家中島盛夫的作品。

炸文化餅

昭和30年（1955年）前後誕生於足立區，為關東限定的靈魂食物。曾是廟會攤販的必備美食，深受下町老街的孩子們喜愛，然而如今只有在北千住的文字燒店才有機會品嚐到。做法是將攪拌過的麵糰裹上麵包粉，再入鍋油炸而成，可謂霸氣滿點的垃圾食物！

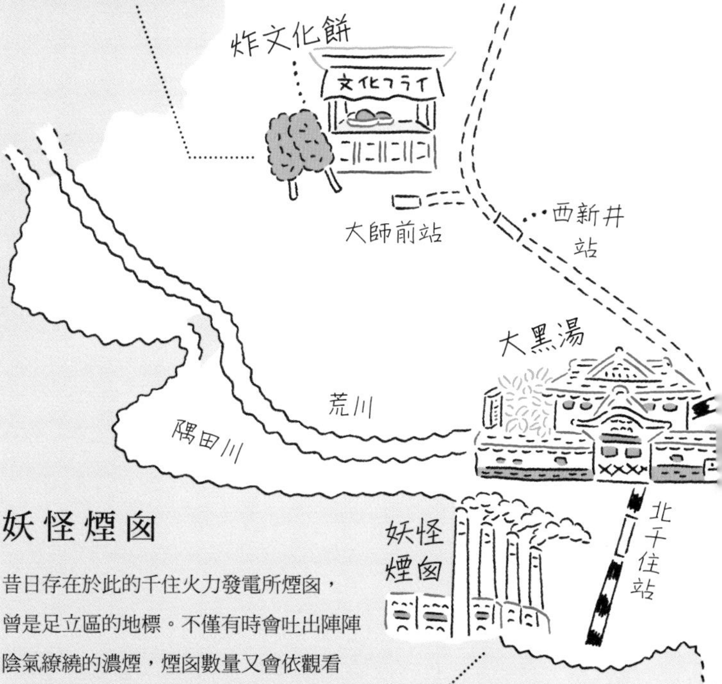

妖怪煙囪

昔日存在於此的千住火力發電所煙囪，曾是足立區的地標。不僅有時會吐出陣陣陰氣繚繞的濃煙，煙囪數量又會依觀看角度而有所變動，這種奇異的現象讓妖怪煙囪深深地銘刻在人們的心中。

№22 葛飾區

二十三區屈指可數的工廠集中區，也集聚了許多承繼了江戶時代傳統技藝的匠人。如江戶小紋、江戶更紗以及江戶切子和江戶硝子等各式各樣的傳統工藝品都在此一息尚存。此外也因為以葛飾區為舞台的電影《男人真命苦》和漫畫卡通《烏龍派出所》，使得這裡成為有如日本人心靈故鄉般的庶民之鎮。現實中這裡亦是《足球小將翼》的作者高橋陽一老師的故鄉，因此區內各處也設置了大空翼、羅伯特·本鄉等主要角色的八座銅像。明明是以靜岡為背景的《足球小將翼》，因此也有粉絲質疑為何不是設在靜岡。

可接觸到下町人情味

與日本原始風景的街區

矢切渡頭

昔日在江戶川上還沒有建起橋梁的時候，矢切渡頭是前往下總（千葉縣）的重要途徑，現在則是以觀光為主要目的。千秋直美和細川貴志，都曾發行過演歌名曲《矢切渡頭》的單曲。

帝釋天

於1629年創設的日蓮宗寺院。大眾習慣稱之為「柴又帝釋天」，但其實「經榮山題經寺」才是正式名稱。因為電影中阿寅經營老字號糰子店的老家就位在此寺院的參拜道路上，才使這裡的名聲響徹全國。

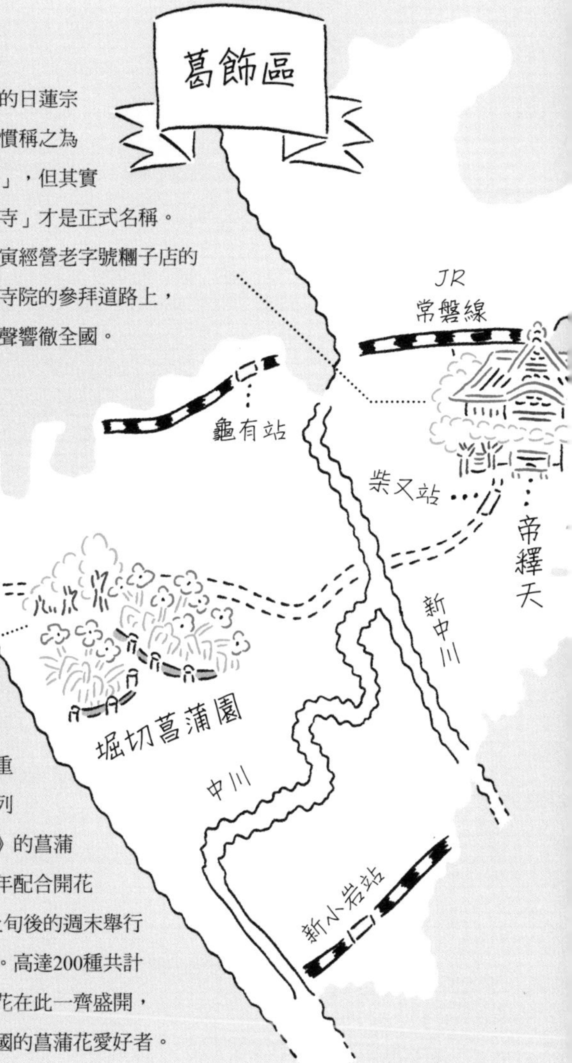

堀切菖蒲園

亦出現在歌川廣重所繪之浮世繪系列《名所江戶百景》的菖蒲花名勝景點。每年配合開花時期，會於6月上旬後的週末舉行「葛飾菖蒲祭」。高達200種共計6000多株的菖蒲花在此一齊盛開，吸引許多來自全國的菖蒲花愛好者。

№23 江戶川區

位於東京極東部，只要越過江戶川就能抵達千葉縣。此地另有荒川、中川等多條河川，許多受河川魅力所吸引的印度人會在此地落腳，他們最喜歡的就是在河畔休憩放鬆了。不僅水資源豐富且公園眾多，還有友善的育兒支援制度，因此這裡也是二十三區中出生率第一名的「育兒城市」。因為幼年人口眾多，所以平均年齡亦是大幅低於其他各區。江戶時代這裡曾是獵鷹場，據說前來小松川獵鷹的暴坊將軍德川吉宗，將在此呈上的味噌湯中品嚐到的無名葉菜，命名為「小松菜」。

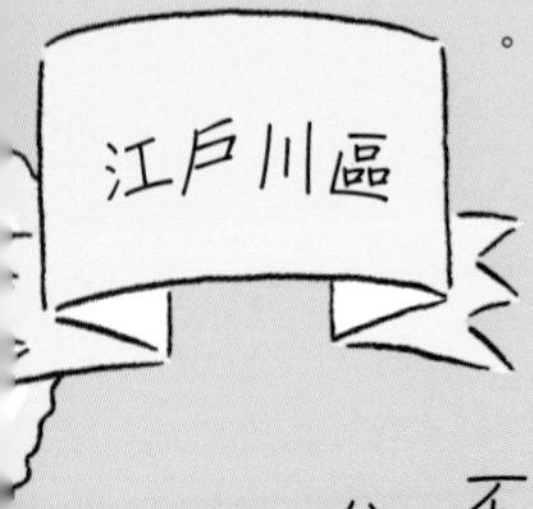

不是千葉！
位在東京邊緣、
充滿朝氣的街區

地下鐵博物館

在鐵道中又專門挑出地下鐵作為對象的博物館，愛稱「地下博」。除了有展示初期的銀座線，還重現了剛開通的上野站月台，所下的功夫令人感動。同時也備有駕駛模擬體驗跟立體模型供民眾操作欣賞。

荒川

河寬位居全日本之冠（2,537公尺）的一級河川。
昭和時期曾在此舉辦寒冬游泳比賽。
2002年8月在多摩川出現的髯海豹小玉，
翌年4月又在荒川被發現！
然而在那之後便行蹤不明。

葛西臨海公園

東京都內最大的都立公園。
越過葛西渚橋後抵達的人工
沙灘則是葛西海濱公園。
園內的葛西臨海水族園，
是東日本地區訪客數量
第一名的水族館。在草
皮區還設有日本最大的
摩天輪「鑽石與花的
大摩天輪」。

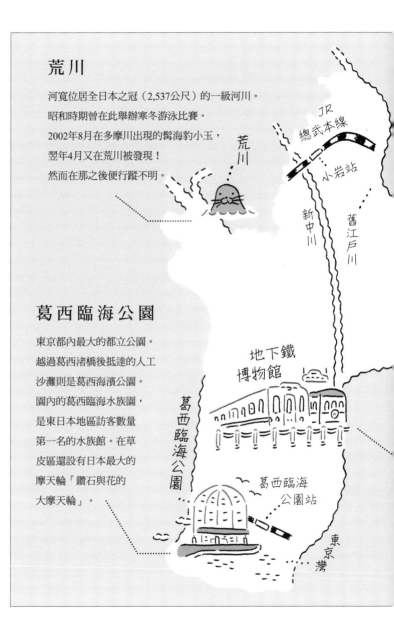

國家圖書館出版品預行編目(CIP)資料

東京 23 話 / 山內麻里子著；李璦祺譯．──初版．──
新北市：遠足文化，2016.09──（浮世繪；21）
譯自：東京 23 話
ISBN 978-986-93512-1-8（平裝）

861.67　　105014554

浮世繪 21

東京23話

作者──山內麻里子
譯者──李璦祺
總編輯──郭昕詠
責任編輯─徐昉驊
編輯──陳柔君、王凱林、賴虹伶
通路行銷─何冠龍
封面設計─霧室
排版──健呈電腦排版股份有限公司

社長──郭重興
發行人兼
出版總監─曾大福
出版者──遠足文化事業股份有限公司
地址──231 新北市新店區市民權路 108-2 號 9 樓
電話──(02)2218-1417
傳真──(02)2218-1142
電郵──service@sinobooks.com.tw
郵撥帳號─19504465
客服專線─0800-221-029
部落格──http://777walkers.blogspot.com/
網址──http://www.bookrep.com.tw
法律顧問─華洋法律事務所　蘇文生律師
印製──成陽印刷股份有限公司
電話──(02)2265-1491

初版一刷　2016 年 9 月